시를 위한 사전

■ 이 도서의 국립중앙도서관 출판예정도서목록(CIP)은
서지정보유통지원시스템 홈페이지(http://seoji.nl.go.kr)와
국가자료공동목록시스템(http://www.nl.go.kr/kolisnet)에서 이용하실 수 있습니다.
(CIP제어번호: CIP2020042656)

시를 위한 사전

시는 어느 순간에도 삶의 편

이원

마음산책

이원

시 쓰는 생물이라고 적어본다. 시가 제일 어렵고 점점 모르겠고 그런데 사랑을 거둘 수 없다고도 적어본다. 시가 알려준 것들로 상당 부분을 지탱시키며 시간을 통과한다. 인간이 만든 색과 향을 좋아하며, 다름의 동시성이 깃드는 '모순'을 자주 뒤척인다. 마음의 등불이 꺼지는 순간이 있어 성냥을 모은다. 파란 머리를 가진 성냥인데 통마다 향이 다르다. 성냥이 곁에 있으면 불을 일으킬 수 있다고 믿는다.

시집으로 『그들이 지구를 지배했을 때』 『야후!의 강물에 천 개의 달이 뜬다』 『세상에서 가장 가벼운 오토바이』 『불가능한 종이의 역사』 『사랑은 탄생하라』 『나는 나의 다정한 얼룩말』이 있으며, 산문집으로 『산책 안에 담은 것들』 『최소의 발견』이 있다. 서울예술대학교 문예학부에서 시창작 수업을 하고 있다.

시를 위한 사전

1판 1쇄 인쇄 2020년 10월 25일
1판 1쇄 발행 2020년 10월 30일

지은이 | 이원
펴낸이 | 정은숙
펴낸곳 | 마음산책

편집 | 권한라 · 성혜현 · 김수경 · 이복규   디자인 | 최정윤 · 오세라
마케팅 | 권혁준 · 김종민   경영지원 | 박지혜

등록 | 2000년 7월 28일(제13-653호)
주소 | (우 04043) 서울시 마포구 잔다리로 3안길 20
전화 | 대표 362-1452 편집 362-1451   팩스 | 362-1455
홈페이지 | http://www.maumsan.com
블로그 | maumsanchaek.blog.me
트위터 | http://twitter.com/maumsanchaek
페이스북 | http://www.facebook.com/maumsan
인스타그램 | http://www.instagram.com/maumsanchaek
전자우편 | maum@maumsan.com

ISBN 978-89-6090-646-4 03810

* 책값은 뒤표지에 있습니다.

시인은 별걸 다 걱정하는 사람이지요.
예감으로 먼저 마중 나가고,
다 돌아가고 난 뒤에도 혼자 남아
배웅하는 사람이지요.

하루는 일생과 닮아 있어요. 밝아오고 벅차고 슬프고 찬란하고 힘겹고 무섭고 아름답고 어두워져요. 어느 날 한 색만 칠하고 있는 제 모습을 마주하게 되었어요. 하루가 일생이라면, 하루는 알록달록해야 하지 않을까 그런 생각을 품게 되었어요. 그래서 알록달록을 만들어요. 우세하다고 여기는 것들을 자꾸자꾸 없애는 방향이기도 해요. 하루에 세 번, 아니 두 번 정도 시적인 순간을 만나면 이번 생은 괜찮다 저를 토닥여요. 어떤 때가 시적인 순간이야? 저 자신에게 물어봤어요. 이유 없이 용감해지는 순간. 문득, 왈칵, 풍경에서 벗어나는 순간. 풍경을 다 두고 날아올라도, 혼자라고 느껴도 반짝이는 순간. 생각이 작동되기 전 알 수 없는 이 두근거림이 긍정만을 의미하는 것은 아니에요. 부정과 긍정, 어둠과 빛의 구분이 없어지는 '맨 처음'의 자리, '저절로'의 움직임이 발생하는 곳이지요.

'저절로'는 의도성이 없는 움직임이지요. 정해진 앞이 따로 없는 '전진'이지요. 움직이면 나도 모르는 나를 마주치게 되지요. 내 속에서 떠오르는 타인과도 마주치게 되지요. 저절로 움직여지는 곳에는 해석되지 않아 멈추지 않는 사랑이 있지요. 시적인 순간은 현실 밖에 있는 것이 아니라 현실에서 솟구치는 움직임이지요. 움직임은 전체 속에서 나타나는 반짝임이니까, 전체를 들어 올리게 하는 핵심이지요. 시는 답이 아니라 질문이에요. 한쪽을 지우는 것이 아니라 모순을 직시해요. 다르게 겹치는 두 질감의 나란함. 이 난처함으로 조금씩 전진해요. 시는 견고한 벽 아니고 바람 통하는 나무 울타리예요. 완강하지 않게, 안도 보이고 밖도 보이는 곳이에요. 시가 무슨 힘이 있을까 의문이 들 수 있지만, 시는 생각보다 힘이 세지요. 시 한 구절은 누군가를 일으켜 세울 수 있지요. 여럿이 붙잡고 갈 빛 한 줄기가 되어줄 수도 있지요. 그 언어가 생물일 때, 그러니까 의도가 비어 있고, 그 언어를 다루는 존재도 비어 있을 때, 이 자리에서 써지는 것이 시예요.

어느 날 보면 무엇이 되어 살고 있듯이, 저는 시를 쓰고 시를 읽으며 살아요. 세상에서 제일 어렵고 점점 모르겠는 것이어서, 아 시가 무엇일까, 자주 자문해요. 시는 어떻게 읽어야 해? 시는 왜 이렇게 어려워? 이런 질문도 자주 받아요. 시는 제게 사라지는 것, 녹는 것의 이미지예요. 꽃 한 송이, 눈 한 송이 같은 것이죠. 눈을 꽃을 좋아하는데, 시와 닮았다고 느껴요. 순간이어서 아름다워요. 사라져서 가벼워요. 눈 한 송이는 커다란 고요를 품고 있어요. 꽃 한 송이는 허공을 열어요. 시 한 송이는 불을 간직하고 있어요.

'시 한 송이'라는 제목으로 〈한국일보〉에 연재를 했어요. 시간이 그리 흘렀는지 몰랐는데 꼬박 4년을 했더라고요. 2016년 3월 3일부터 올해 1월 31일까지, 금요일 지면에 실렸지요. 처음 일 년은 매주, 그 뒤 3년은 격주로 썼어요. 고른 시 한 편이 있고 그 아래 산문을 쓰는 형식이었어요. 말 걸듯이 대화하듯이 쓰고 싶었어요. 계절을 따라 시간을 따라 쓰다 보니, 공동체에 고통이 있을 때는 저절로 슬픔과 다짐의 시가 골라졌고 그래서 봄에는 유독 그런 시가 많이 골라졌어요. 이유를 알 수 없이 꼼짝 못 하는 마음이 될 때는 '스르르'와 '청청' 사이를 운동하는 시를 찾아보았어요. 가까운 이들과 바라보는 곳이 다를 때는 늦지도 빠르지도 않게 도착하는 시간의 시를 찾아보게 되었어요. 시는 멈춘 제게 다시 움직임을 선물해주었어요. 유머와 상상의 힘, 담백하게 모을 수 있는 두 손을 돌려주었어요. 시는 참으로 많은 눈동자를 가졌다는 것을, 멀리 떨어져 있는 것이 함께 움직이는 것이 리듬임을 알게 해주었어요.

　시 없이, 시와 만난 순간만으로 책을 엮었어요. 만난 시를 내보이지 않고 시와 만난 순간을 기록하는 방식. 만난 시와 보다 섬세하게 닿기 위하여 필요한 사전 같은 형식이라고 생각해요. 언어와 언어 사이, 여러 방식으로 오간 생각의 무늬들이 사전을 이루었어요. 제 글을 시 곁의 기척으로 읽어주시면 좋겠어요. 글을 읽다 시를 가늠하는 마음이 생겨난다면, 시를 찾아봐주신다면, 하고 바라보아요. 뒤편에 시가 실린 시집을 기록해두었으니, 시집을 열어 기척의 내부인 시와 단둘이 마주해보시면, 하고도 바라보아요.
　『시를 위한 사전』은 오로지 시를 위한 사전이에요. 시를 위한 사전이니, 오로지 시의 느낌에 닿으셨으면 좋겠고, 시에게로 가는 사전이니, 문득 문득 꽃 한 송이, 눈 한 송이의 순간이 되시면 좋겠어요. 실마리를 찾아보는 즐거움도 깃들면 더욱 좋겠고요. 다섯 개로 나뉜 부는 봄 여름 가을 겨울 다시 봄, 이런 순환 같은 것이지요. 100편이라는 수는 일생의 한 컷 한 컷 같은 것이기도 하지요.

'편'을 막무가내의 마음이라고 읽지 말고요. 든든함이라고 읽어 봐요. 절대적인 온기가 필요할 때 켤 수 있는 성냥 한 개라고 생각해 봐요. 맨 처음의 세계를 보여주신 시인들께 특별한 고마움을 전해요. 책으로 꾸려준 마음산책 정은숙 대표님과 성혜현, 최해경, 두 분의 편집자께 감사의 인사를 드려요.

어느 순간에도 시는 삶의 편이지요. 시는 대단한 것을 할 수는 없지만, 지상의 모든 것에는 '시'가 들어 있음을 알려주는, 우리를 흔들어 깨우는 움직임이지요. 시가 무엇을 할 수 있는지는 모르지만, 시는 바늘 한 개의 환함이지요. 시와 삶은 하나의 시계추인지도 몰라요. 고단해서 삶을 잊어버리는 순간에도 시는 삶을 바라봐주고 있을 거예요. 시가 가진 힘은 시를 삶이라는 단어로 바꿀 수 있기 때문일 거예요. 삶도 어느 순간에도 시의 편이라고요. 어려움 속에도 삶을 뚫고 솟아오를 시가 들어 있음을, 맨 처음의 자유를 시가 품고 있음을 잊지 않기로 해요.

2020년 10월

이원

차례

3
시
선
이

열
리
는

처
음

마침표는 열리면서 닫혀요.
이후는 읽는 이의 몫이에요.

1

곁
의

기
척

종이

펜

질문들

쓸모없는 거룩함

쓸모없는 부끄러움

—진은영, 「쓸모없는 이야기」 중에서

잠이 덜 깬 아침 잘 다녀오라는 인사를 서로에게 건네는 일. 도로에 흰색 점선을 다시 선명하게 긋는 이들을 만나는 일. 수신호를 따라 1차선에서 2차선으로 차들이 섞여 들어가는 일. 비상등 신호를 켜 뒤차에게 고마움을 전하는 일.

일상이 유지된다는 것. 낡은 구두를 수선하며 남루한 심정이 되지 않는 것. 내일의 햇빛을 떠올리며 잠들 수 있는 것. 보이지 않는 곳이 품고 길러낸다는 것들에 의심이 들지 않는 것. 일용할 양식을 구하는 일은 신선하고 신성한 것이라는 믿음을 잃지 않게 되는 것.

"위대한 것은 인간의 일들이니". 이 소소한 일상이 지켜질 때 인간의 일들은 위대한 것이니. 이보다 더 엉망진창이 되지 않기 위해 엉망진창을 "달걀"로 쥐어보는 일. 세게도 가볍게도 아닌, 달걀이 될 때까지.

엉망진창은 다른 계산을 하고 싶은 자들이 다른 계산을 펼치기에도 적합한 시간. 위대한 것은 인간의 일들이니. 우리의 존엄은 우리가 만들어야 하는 것. 엉망진창을 달걀로 만들어 하

나씩 들고. 달걀에서 달걀이 나올 때까지. 고도
의 집중.

작아요. 사람의 눈으로 봤을 때 특히 그렇대요. 햇빛은 솜털처럼 닿아주느라 매일매일 분주해요. 바람이 오면 휘청휘청해요. 뾰족뾰족한 잎 가장자리에 달고 있는 가시, 활짝 피면 바늘처럼 보이는 꽃, 이맘때 맺는 열매. 사람들이 지어준 이름은 '피를 잘 엉기게 해준다는 뜻'인 엉겅퀴. 가시엉겅퀴, 좁은잎엉겅퀴, 도깨비엉겅퀴, 금엉겅퀴. 친척들도 많아요. 저와 만난 적 있나요? 금엉겅퀴는 가지가 밑부분에서 갈라지지만 저는 윗부분에서 갈라져요. 저는 은빛 꽃을 피우는 '은엉겅퀴'예요.

라이너 쿤체는 아주 작은 언어로 쓰는 시인이지요. 라이너 쿤체와 특별한 인연을 맺은 전영애 선생님의 열정으로 그의 시편은 번역되었어요. "들어오셔요, 벗어놓으셔요, 당신의/ 슬픔을, 여기서는/ 침묵하셔도 좋습니다"(「한 잔 재스민 차에의 초대」). 독일 통일 이전의 동독 사람들은 자신들의 집 문에 체제에 대한 저항의 의미로 이 시를 걸어놓았다 하지요. 이런 고요하고 섬세한 시를 쓰는 라이너 쿤체는 동독 당국에 의해 '서정시'라는 파일명으로 분류되어 혹독한 감시를 받았지요. 그럼에도 내내 작은 시를 썼지요.

짧은 시는 작은 시이지요. 작은 시는 관찰에서 나오지요. 관찰은 내가 작아져야 가능하지요. 내가 커지면 안 보이지요. 더욱이 그것들이 아주 작은 존재라면요. 작은 존재를 보는 사람을 좋아해요. 작다고 함부로 하는 어리석음을 호주머니처럼 매달고 다니지 않거든요. 언제부터 거기 있었어? 느닷없이 무례를 뒤집어쓰게 하지 않거든요. 관찰이라는 딱딱한 단어를 풀면 '그냥 자꾸자꾸 보고 싶다'예요.

자꾸자꾸 보고 싶다는 라이너 쿤체에게 다 들켰지 뭐예요. 자꾸자꾸 보니까 자꾸자꾸 보이게 된 거예요. 사실 저는 "뒤로 물러서"기 자세예요. 다른 존재를 가리고 싶지 않거든요. 커지면 의도하지 않아도 가리게 되니까 "땅에 몸을 대고" 작아졌어요. 그러다 보니 "남들의 그림자 속에" 있지 뭐예요. 아, 그런데 신기한 것은 남들의 그림자 속에서도 저는 빛나고 있어요. 잎과 꽃 열매. 순간순간에 열렬하게 몰두하거든요.

입춘 부근

장석남

시인. 언어 속에 사는 사람이지요. 언어를 여러 날 여러 시간, 여러 각도에서 겪는 사람이지요. 그래서 짧은 시를 써도 시인은 바쁘지요. 사람은 생각이 머무는 곳이 사는 곳이지요. 회사 책상 앞인데 엄마를 골똘하게 생각하고 있다면, 엄마에 살고 있는 것이지요.

간결한 끼니예요. 끓인 밥을 퍼다 식탁에 놓았어요. 창가인데 커튼을 내렸어요. 숟가락이 달그락거리는 소리, 소리 없이 벌어지는 입, 끓인 밥은 씹을 필요도 없이 술술 넘어가죠. 적막과 고요 사이에서요. 식탁의 시간은 알 수 없어요. 다만 기러기는 북쪽으로 떠나고 땅 밑으로는 동풍이 불어오는, 24절기 중 첫 번째인, '입춘' 부근이에요. 입춘은 태양의 황경이 315도에 이를 때.

시인은 별걸 다 걱정하는 사람이지요. 예감으로 먼저 마중 나가고, 다 돌아가고 난 뒤에도 혼자 남아 배웅하는 사람이지요. 벽 곁에 앉아 있을 때, 벽과 내가 일치하는 순간이 있지요. 침침해진 벽이 '나'지요. 물아일체物我一體의 순간이지요. 그러나 얼마 지나지 않아, "오는 봄, 꽃 밟을 일을 근심"하지요. 초월을 하지 않아야 시인의 좋은 자리가 되지요. 감각은 정확한 현재지요.

장석남은 '신서정'으로 대표되는 시인이지요. 직접적 토로가 주를 이뤘던 서정시에 이미지를 적극 넣었지요. '묘사적 진술', 즉 이미지와 말이 동시에 설득되는 세계를 구축하였지요. "흰 그릇에 그득하니 물 떠놓고/ 떠나온 그곳"(「고대古代에서」)까지 다녀온 시인이어서, 짧지 않은 시간 시를 써왔어도, 쓰는 손끝에 힘을 빼지요. 그 물맛, "물의 빛"(「고대古代에 가면」)이 장석남 시지요.

목련

허수경

"뭐 해요?" "여적 그러고 있어요".

없는 길을 없는 길로 보고 있어요. 없는 길이 길어져 내내 따라가요. 분분한 빛에 섞여 들어가요. "보따리" 속이었을까요. "안개" 속이었을까요. 날개가 온몸인 "나비"였을까요. 없는 것들은 없어서 있는 것일까요. 자꾸자꾸 가벼워지지 뭐예요. 어렴풋해지지 뭐예요.

발을 잊었어요. 가늘어진 몸 맨 꼭대기에 매달리는 것이었을까요. 나무에 피는 연꽃. 봄꽃을 피우기 위한 겨울 준비에 들어간 꽃눈은 붓과 닮아 있어요. 꼭 다문 채 아직 본 적 없는 눈동자가 되어가나요. 고결한 꽃을 보여주는 그 순간, 칼! 외마디를 발음하게 되나요.

하냥 가고 있어요. '낮달의 마음'은 여적 사라지지 않는 마음. 사라질 수 없는 마음. 하염없는 마음. 거두지 못하는 마음은 거두어지지 않는 마음. 몸 없이도 따라가는 마음. 아니 몸도 잊고 가는 마음. 마음은 나도 모르는 것이에요. "흰 손 위로 고여든 분홍의 고요", 모르는 것 속에 모르는 꽃이 들어 있어요.

마음이 커서 마음이 모자라요. "뭐 해요?" 편지 써요. '목련 오네요.'

나는 "핏기가 남아 있는 도마"를 좋아하고 "발목이 부러진 새들을 주워 꽃다발을 만들"어요. 기괴하다고 여겨지나요? 연민의 마음이라고 느껴지나요? 양쪽 다 내 취향일 텐데요. 무엇보다 나는 생생함에 함께하고 싶었던 거예요. 선명함만이 생생함은 아니죠. "호수, 발자국, 목소리……" 희미함에 가까이 더 가까이, 이 또한 생생함이에요. 밖의 순간과 내 시선을 빈틈없는 한 호흡처럼 일치시킬 때, 솟아오름, 생생함이라는 생동감이에요.

오로지 한 점이었다가 녹는 눈부심으로, 깨끗한 없음으로…… 눈 한 송이의 "새하얀 몰락"을 내내 보면서 "반대편"이라는 말을 좋아하게 됐어요. 선명함과 희미함 사이의 신비를 경험했거든요. "빈 액자"로 풍경이 돌아오는 중이라는, 물고기는 사라졌어도 모아둔 비늘에는 여전히 새벽이 들어 있다는, 반대편은 지금까지 들어보지 못한 음악이 흘러나오는 무릎이라는 것을 알게 되었거든요.

나의 반대편에서 당신은, 당신이 초대하지 않

은 내가 쓴 편지를 읽고 있어요. 당신의 반대편에서, 샛노란 국자로 죽은 새의 무덤인 허공을 휘휘 젓고 있는 나는 빙하로 둘러싸인 그린란드Green-land에 살아요. 그린란드의 수도 고트호브는 '바람직한 희망'이라는 뜻이지요. 한국보다 열한 시간이 느린 고트호브의 지금 날씨는 눈, 영하 6도. 이 편지는 당신의 오늘에 먼저 도착해 있는 생동감이에요.

쓸모없는 이야기

진은영

　'바통' 아시지요? 어렸을 적 운동회에서 건네받았던 흰 바통이 떠올랐는데, 그때의 느낌이 여전히 생생하다는 것이 신기한 아침이에요.

　달려오는 친구를 보고 있었지요. 조금 전 친구의 바통은 저의 바통이 되었지요. 처음 잡아본 바통은 아주 가벼웠어요. 달리기는 생각할 틈이 없었어요. 바통을 떨어뜨리지 말아야지 하다 보니 저의 바통은 또 다른 친구의 바통이 되어 있었어요.

　바통의 쓸모는 무엇일까요? 어떤 것에 쓸모라고 이름 붙여줄 수 있을까요? 종이에서 너의 두 귀까지, 이 목록에 진은영 시인은 「쓸모없는 이야기」라는 제목을 달았어요. 제목과는 달리 읽을수록 촉감과 소리와 침묵과 색과 향기로 풍성해져요. 한 행 한 행은 독립적이면서도 서로서로 영향을 주고 있어요. 종이와 펜이 만나야 질문이 생겨나요. "거룩함"과 "부끄러움"은 "푸른 앵두"처럼 동일한 곳에서 발생하는 것들이죠. 이렇게 이어지게 읽어도 자연스럽죠. 크기와는 무관하게, 함께 있으면서 서로를 함부로 지우지 않는 풍경처럼요.

그럼에도 세상의 기준에서 본다면 이 목록들은 여전히 쓸모없는 것들이죠. 그렇다면 죽은 향나무 숲에 비는 왜 내릴까요? 우리는 바로 불필요한 질문임을 알아차리죠. 자주 잊어서 그렇지 우리는 이미 알고 있어요. 쓸모없는, 더 정확하게는 쓸모없어 보이는 움직임이 없다면, 서로 다른 두 밤에서 오늘이 생겨나지 않는다는 것을. 미칠 듯 향기로운 장미 덩굴마저 없으면 진짜 무덤이 되어버린다는 것을 말이죠. 장미도 이 시간이 어렵기는 마찬가지여서 가시가 함께 견뎌주고 있어요.

시인은 우리에게 이렇게 이야기해주고 싶은 걸 거예요. 쓸모가 있으면 쓸모는 사라져요. 쓸모에 닿지 않아 쓸모의 간절함은 계속돼요. 쓸모부터 생각하면 두 귀는 열려 있어도 닫혀 있는 거예요. 햇빛이 나타나기 좋은 곳은 빈집이에요. 쓸모없는 목록을 만들어나가요. 쓸모에 함몰되지 않을 거예요.

시인의 이 목록을 바통으로 받을게요. 꽃 한

송이처럼 눈 한 송이처럼요. 꼭 어릴 적 그 기분이에요. 꽃도 눈도 붙잡을 수 없어 아름다워요. 쓸모없어 깨끗해요. 시도 닮은 얼굴을 갖고 있어요.

드라마를 보고 있었어요. 사랑의 간절함이 939살 불멸을 중지하게 한다는 판타지는 익숙한 것이지만, "나도 사랑한다. 그것까지 이미 하였다." "비로 올게. 첫눈으로 올게." 이 말을 하는 얼굴은 응시하게 되지요. 모든 생을 기억하는 눈에는 심연의 슬픔과 당장의 햇빛이 동시에 담기지요. 그래서 비스듬히 보고 있다가도 시적인 순간을 경험하게 되지요.

남미 문학의 거장 보르헤스는 소설로 더 많이 회자되지만 시로 출발하였어요. 모든 책이 들어 있는 단 한 권의 책, 과거 현재 미래를 동시에 볼 수 있는 "알렙"은 보르헤스가 평생 탐구한 곳이지요. 알렙은 끝없이 열리는 거울이지요. 그리스의 시적인 철학자 헤라클레이토스는 수수께끼를 내는 자라고 불렸지요. "같은 강물에 두 번 발을 담글 수 없다"는 그의 말은 회귀와 유전流轉에 대한 역설이 담겨 있지요. 비치고 비추는 거울과 강물. 흐르는 물은 늘 다르지요. 동시에 같은 물이기도 하지요. 어디에 찍느냐, 문제는 방점이지요.

응시하는 얼굴은 비추는 얼굴이에요. 여명과 일몰은 대립적 시간이며 대립적 시간이 아니지요. 경이와 초록 중 시는 초록에 방점이 있지요. 전면적 포용이거나 초월이 된다면 거울은 텅 비게 되지요. 꿈과 죽음의 대면이 매일매일이 키우는, 초록이지요.

'본다'는 인간이 가장 많이 하는 행위지요. 매 순간 내가 태어나는 것처럼, 우리는 보고 있을까요? 내 생각을 비운 자리에서 '본다'는 시작되지요. 우리는 자주 내 생각으로 본 것을 내 눈이 본 것으로 착각하지요. 보는 것은 그렇게 어렵지요. 텅 빈 눈으로 보아야 "마리골드 꽃을 믿듯이 세상을 믿"게 되므로, 시인이 가장 먼저 또 가장 자주 하는 리추얼은 텅 빈 눈을 만드는 것이지요.

평생 페소아를 연구한 안토니오 타부키에 의하면 페소아는 "20세기 가장 중요한 시인 중 하나로 자리매김될 이 위협적인 포르투갈 사람"이지요. 페소아는 47년을 살았는데, 사후에 트렁크에서 방대한 양의 원고가 발견되어 지금까지도 편집이 완료되지 않은 문제적인 작가지요. 페소아는 80여 명에 이르는 다른 인격체로 글을 썼지요. 이 시는, 불면을 앓는 알베르토 카에이로라는 인격체가 쓴, 49편으로 구성되어 있는 시편 중 두 번째 작품이지요.

텅 빈 눈의 자리, 페소아의 시는 어김없이 그

곳에서 탄생하지요. 알아야 보인다고 생각하지만 몰라야 보이지요. 모른다는 사실을 아는 순간 고정된 생각을 덧입지 않은 본래의 모습이 보이지요. 왜 사랑하는지 또는 사랑이 무엇인지 결코 알 수 없음이 사랑의 능력이듯이, 한 번도 본 적이 없는, 모르는 능력에서 "나는 볼 때, 해바라기처럼 활짝 본다"가 열리지요.

채광

강성은

    누구나 알다시피 비바람을 피하기 위해 인간은 구조물을 만들었지요. 안을 만들면서 밖도 포기하지 않아 창이라는 것을 그렸지요. 안팎을 공평무사하게, 가감 없이 보여주는 창을 인간은 전망 또는 현명한 시선이라는 관념으로도 치환하지요. 열고 닫는 권리를 부여하고, 창을 창문이라고 부를 때, 관념은 보다 견고해지지요. 한없이 선명한 사물인 창이 인간의 시선이 깃든 창문이 될 때, 창문에는 완강한 것, 은폐된 것, 왜곡된 채 오래된 것, 그러므로 '깨버려야 하는 투쟁'이 나타나지요.

    창에 돌을 던지는 사람이 있습니다. 장난이거나 창을 깨야 하는 당위가 있는 경우, 둘 중 하나일 것입니다. 호기심에서 비롯되었다면 돌을 던지고 곧 잊어버리겠지요. "깨지지 않는다"와 부딪치고, 생각날 때마다 계속 던지는 이는 '깨져야 한다'의 정당성을 본 사람이지요. 빛의 굴절을 따라 밤에는 더 아름다워지는 아이러니가 창문이라고 해도, 창문의 윤리를 생각하기 시작한 존재라면, 몸을 던지고 창은 깨지지 않고 '피투성이가 된 자신의 몸'을 되돌려 받지요. 그럼에도 이 부딪치는 행위를 멈출 수가 없지요.

왜 그렇게까지 해? 다른 뜻이 있는 건 아니니? 고투를 멈출 수 없는 존재에게 이런 질문을 한다면, 투명한 창문 안에 있기 때문이죠. 그러므로 제일 먼저 해야 할 일은 창문 안에 있는 사람들은 창밖으로 나와 서 보는 것에서부터. 빛이 어떻게 창을 뚫는지를 보는 것에서부터. 창이 빛을 어떻게 담는지 관찰하는 것에서부터. 뒤틀린 것이 바로잡혀, 옳게 열고 닫을 수 있을 때부터 창문. 안 그러면 창문도 아닌 것을 계속 창문이라고 믿고 살아가게 되지요.

곁이어도 고통은 가늠할 수 없어요. 가늠할
수 없어 노래를 불러요. 적막에 휩싸이면 안 되
잖아요. 들려오는 노래가 있으면 조금 덜 추울
지도 모르잖아요.

뜨거움으로 단단해진 파이를 꺼내요. 나눌 수
있는 만큼 잘게 잘라 탁자 위 꽃의 늑골 옆에,
강가 천사의 눈썹 가까이에 놓아두어요. 꽃과
천사는 사라지지 않아요.

강가에 탁자에 파이는 기도의 자세로 있어요.
기도는 이쪽에서 저쪽을 부르는 손짓이에요. 저
쪽이 열리도록 두 손을 저쪽으로 모으는 자세예
요. 꺼진 조명처럼, 두꺼운 자물쇠가 채워진 강
당처럼 노래 부를 수 있는 것은 안에 간절한 기
도가 들어 있기 때문이에요. 당신을 위해 나의
두 손을 맞대는 것이 기도예요.

"감당할 수 없는 슬픔"은 스스로의 기도를 가
혹하게 하고 "또 하나의 벽"처럼 서서 울게 해
요. 곁이라는 말을 새로 배우는 시간이에요. 아
픈 4월이에요. 가여운 사월 가여운 사월 실금으
로라도 적막 속에서 함께 부르는 노래. 아주 가

느다란 소리지만 곁의 기척으로 느껴주셨으면
좋겠어요.

눈 감고 간다

윤동주

"태양을 사모하는 아이들아/ 별을 사랑하는
아이들아// 밤이 어두웠는데/ 눈 감고 가거라."
이렇게 말하는 사람이면 좋겠습니다. 이런 말을
할 수 있는 사람은 어두운 밤에 눈 감고 걸어본
사람입니다. 어둠 속 어둠이 되어본 사람입니다.
어둠 속 어둠에서 내미는 손은 어떠해야 하는지
를 알고 있는 사람입니다. 이것을 공감 능력이라
고, 소통의 진정성이라고도 할 수 있습니다.

태양을 사모하는 아이들아. 별을 사랑하는 아
이들아. 이렇게 부를 수 있는 사람은 나의 존엄
이 아니라 당신의 존엄을 지킨 적이 있는 사람
입니다. 지켜야 할 존엄이 있을 때, 크나큰 비극
앞에서도 울음을 참게 됩니다. 자신의 존엄을
위해서라면 얼굴이 한없이 굳게 되고, 당신의
존엄을 위해서라면 당신의 비극적 얼굴을 품은
얼굴이 나의 얼굴이 됩니다. 이 얼굴을 가져본
사람은 당신들의 슬프고 고통스러운 얼굴을 함
부로 지우지 않습니다. 경험했다는 것은 그 사
람에게 그 지점이 더 이상 추상이 아닌, 현실의
세계로 존재한다는 것을 의미합니다.

"가진 바 씨앗을/ 뿌리면서 가거라// 발부리에 돌이 채이거든/ 감았던 눈을 와짝 떠라."라고 말할 때, 그 말이 단박에 믿어지는 사람이면 좋겠습니다. 신뢰는 그 사람의 바탕을 지지하는 것입니다. 그러므로 상황에는 갸우뚱할 수 있지만 그의 바탕에 대한 믿음은 흔들리지 않는 것입니다. 신뢰가 깨졌다는 말은 마음이 변했다는 것보다 훨씬 무서운 말입니다. 그를 구성했던 바탕이 사라졌으므로 그도 더 이상 존재하지 않는다는 뜻이기 때문입니다.

가진 바 씨앗을 뿌리면서 가라, 연약한 씨앗이 대지 위로 올라올 것이다. 발부리에 돌이 채이거든 감았던 눈을 와짝 떠라, 의심 없이 눈부터 뜨는 순리가 되찾아진 세상일 것이다. 이런 선명함. 이런 신뢰.

이런 '사람의 봄'이 다시 시작되면 좋겠습니다.

양파 공동체

손미

양파는 안이면서 밖이면서 벽입니다. 너머인 동시에 속입니다. 흰 방들이 꽉꽉 들어찬 미로입니다. 이제 열쇠를 다오, 이제 들여보내다오, 애원하고 기도하고 기다립니다. 쪼개고 열고 견디고 얇아집니다. 어디쯤인지는 알 수 없습니다. 똑같이 생긴 소용돌이입니다.

입을 그린 뒤 얼싸안고 울고 싶었지만 그러지 않습니다. 발설을 안에 가두면 힘이 됩니다. 조금만 참으면 도착할 수 있습니다.

위치는 중요한 것이죠. 들여다보는 것과 안에 있는 것은 천지차이입니다. 들여다보면, 떠나면, 그 자리를 잊을 수 있습니다. 안에 있으면 계속 겪어나가야 합니다. 남의 일이 아니라 내 일이니, 우리가 됩니다.

공동체는 마땅하게도 양파여야 합니다. 겹겹을 몰라서 서로 뭐라 뭐라 해도 양파 안에 있어야 합니다. 양파의 소용돌이를 지나면 무엇이 남겠습니까. 그곳에 이르지 않으면 모를 일입니다. 다만, 뒷문을 열자. 뒷문은 가장 안쪽에 있어. 양파가 알려줍니다.

양파도 제 속은 모르겠지만요. "뒷문을 열면
비탈진 숲, 숲을 지나면 시냇물."

"한모금" 어린이는 "한 모금"과 일치하였지요. 잠든 새들의 머리에 다른 색을 칠하거나 파마를 해주는 마법을 부렸지요. 한 모금이었으므로 새들의 작은 머리를 볼 수 있었지요. 잠에서 깨면 다른 새가 되어 있었으므로, 새들처럼 머리를 조아리고 물으면 되는 줄 알았지요. 더는 필요 없어요. 나는 한 모금만 필요해요.

어린이 한모금은 자라서 "한모금 씨"가 되었지요. 한 모금의 비밀을 잊지 않아서 여전히 한 모금과 일치하였지요. 몸집은 "새의 80배"나 되었지만 새의 심장을 가지고 있다는 사실을 잊을 수 없었거든요. 그의 새처럼 작은 심장은 두근거렸지만, 80배나 큰 몸집으로, 마찬가지로 새의 80배나 되는 몸집을 가진 사람들 사이에 앉으려고 애썼지요. 그들도 새처럼 작은 심장의 두근거림을 느끼고 있을 것이라고 생각했으니까요. 한 캔이 있어도 한 모금씩 마셨으니까요.

비단 찢어지는 소리는 가슴이 찢기는 소리죠. 그러나 가슴의 두근거림이 두려움보다 용기가 적었다는 의미는 아니죠. 한 캔이나 한 잔이 되지 못하다니, 세상의 한잔 씨들은 말했지요. 그러나 나 한모금은 한 모금의 마법을 잃지 않았어요. 뾰족한 발톱과 새의 심장은 한 모금이에요. 한모금 씨는 여전히 한 모금만 필요해요. "앞머리를 흔들어 색을 바꾸"면 "다른 사람"이 되지요.

사랑이 담기는 종이상자는 재질이 다른가요? 코팅입니다. 이런 문답. 뭘 좀 아는 둘이죠. 기자의 흔한 양념식 질문일 수도 있지만 주고받는 순발력이 있어요. 연구원 씨, 기자 씨 속에는 연구원 씨, 기자 씨를 떼어낸 '그냥, 앗, 사람'도 들어 있는 것이지요.

그냥 하는 거죠. '삶이라는 연구'에 대해서도 뭘 좀 아는 둘이죠. 잠이 부족하면 박봉이 안 되어야 하는데, 여전히 잠이 부족하고 박봉이죠. 그런 그의 곁에서 김밥을 말고 있는 와이프는 가정 상자 연구소 연구원일 테고요. 38세 연구원 씨의 사정과 크게 다르지 않을 기자 씨는, "버려진 상자는 마음 따뜻한 오늘의 내일이다"라는 제목을 뽑을 작정을 하지요. 담겨 있는 내용이 중요해서 내용을 내용으로 지켜낸 상자는 버려지지만, 여전히 오늘의 내일은 지연되는 세상이지만, 그렇다고 내일을 포기할 수는 없는 것 아니겠어요, 라는 메시지로 읽을 수 있지요. 기사의 흔한 클리셰일 수도 있지만 이런 문장을 쓰는 기자 씨는 사회적 인사인 악수를 할 때 손의 일부는 '아앗, 사람'임을 감각하는 이지요. 플래시와 악수, 박봉 속에서도 삶 연구소 연구를 놓치지 않는 이들은 말하지요. 우리는 언제나 연구합니다.

서정학 시인은 첫 시집 이후 19년 만에 『동네에서 제일 싼 프랑스』(문학과지성사)라는 매력적인 제목의 두 번째 시집을 들고 귀환했어요. 연구는 힘든 일이고 별로 알아주는 사람도 없어요라고 말하는 "종이상자 연구소" 연구원처럼요. 신선한 페이스트리처럼 재미와 유니크가 겹겹인 것을 보면, 흰 바탕에 검은 글씨를 '앗 프랑스, 아앗 프랑스, 다시 프랑스, 그래도 프랑스', 이러면서 내내 연구해왔나 봐요. 내 손으로 구입하는 '두, 권'과 엉성한 웃음이 담긴 '두 권'이 다르게 쓰인다는 것을 놓치지 않는, 더 날렵해진 눈매지요.

벌레는 나뭇잎을 아삭아삭 갉아 먹었어요. 나뭇잎에게는 "궁지"이고 벌레에게는 "긍지"인 시간이었을까요. 둘만 알 일이죠. 나뭇잎은 나무에서 떨어져 나왔죠. 나뭇잎 스스로가 택한 것인지는 알 수 없죠. 벌레가 갉아 먹은 나뭇잎은 하늘을 보게 하는 창이 되었죠. 격투의 흔적은 하늘의 것인지도 모를 일이죠.

"초록 옆에 파랑이 있다면 무지개""파랑 옆에 보라가 있다면 멍"이라 하지요. 무지개는 태양의 반대쪽에 비가 내리고 있을 때 나타나지요. 갉아 먹고 갉아 먹은 곳에 나타나는 것을 새잎이라고 하지요. 무지개의 마지막은 보라지요. 멍이지요. 그래서 궁지는 행복보다 더 행복한 곳, "흉터"는 "신비보다 더 신비"한 곳이지요.

떨어진 나뭇잎에 눈길이 가요. 벌레가 갉아 먹은 나뭇잎으로 하늘을 보고 싶어요. 나뭇잎 하나를 집어든 사람에게 새잎 나고 새잎 나요. 새잎은 무지개처럼 옮겨 가요. 무지개에 멍이 들어 있다는 것을 알아요. 시인과 촌장의 〈풍경〉이라는 노래에 이런 부분이 나오지요. 세상 모든 풍경 속에서 제일 아름다운 풍경. 모든 것들이 제자리로 돌아오는 풍경. 연두가 되는 고통. 기적처럼 연두의 물결이 시작되었어요.

희망의 임무

이브 본푸아

램프는 어둠을 밝음으로 바꾸며 새벽에 이르렀어요. 밤을 새운 불은 날이 밝아오는 만큼 희미해지지요. 불의 죽음은 역설적이게도 간절하게 불이 필요했던 존재들에게 달려 있는 것일까요? 램프를 희망이라고 부른다면 희망의 의무는 어디까지일까요?

하늘이 있음에도 램프는 그를 위해 타오르고 있어요. 하늘이 있음에도 그가 램프를 끄지 않았기 때문이지요. 강에는 작은 배가 있어요. 성에 낀 유리창에 대고 갈매기들이 말 걸어요. 작은 배가 창을 끄지 않아, 창은 여전히 타오르는 램프예요. 그렇다면 이 시간의 램프는 이브 본푸아 식으로 말한다면 "저 너머의 나라"인 것일까요? 언어를 통해 언어 이전에 몰두한 시인을 따라가면 그곳에는 사물의 본질이 있지요.

희망이라는 퍼드덕거리는 작은 새를 두 손이 감싸고 있음을 상기해야 해요. 각자의 두 손 안에 작은 새를 머물게 하는 것. 새의 발과 접힌 날개를 내리누르지 않는 것. 두 손으로 감싼 새의 심장을 가늠해보는 것. 두 손 안에 보듬고 있는 새

의 발과 날개와 눈을 동시에 느끼는 것. 램프로
저 너머의 희망을 밝히는 것. 희망의 의무이지요.

인간의 시간

김행숙

　"우리를 밟으면". 가만히 있지 않습니다. 우리를 밟으면, 밟혀서 일어서는 자들이 되며 모여서 외침을 만드는 자들이 됩니다. 그러나 밟으면 밟겠다로 대응하지 않습니다. 밟히면, 밟힌 그 자리에서 희망이라는 오래된 반짝임을 꺼내 듭니다. 반짝임들이 모여 멀리까지 뻗는 물결이 됩니다. 밟힌 만큼 깊은 "사랑"의 "물결"이 됩니다.

　물결은, 아니 시간은, 아니 우리라는 시간은 "깊고 부서지기 쉬운" 것입니다. 우리라는 시간, 즉 인간은 깊고 부서지기 쉬운 존재들을 좀 더 내밀하게 이해하라고 깊고 부서지기 쉬운 존재로 설계되어 있을 것입니다. 지상의 많은 부분들은 공통에 속한 것들입니다. 공동체의 것을 함부로 권력을 앞세워 사유화하지 말아야 하는 것입니다. "고통 앞에 중립 없다"는 말씀이 좋은 공동체에 꼭 필요한 실천 덕목임을 잊지 말아야 하는 것입니다.

　"시간은 언제나 한가운데", 소용돌이입니다. "인간의 시간"을 맞이할 수 있도록, 우리를 밟으면? 함께 "사랑에 빠지"겠습니까?

풍경

김종삼

달력에 기억하고 싶은 생일을 써넣는 일로 한 해를 시작해요. 멀어진 사람, 몇백 년 전 사람의 생일도 있어요. 양력이면 요일이 새삼스럽고 음력이면 날짜가 새삼스럽죠. 생일을 써넣어야 한 해의 달력이 시작된다는 느낌이 들어요.

뭐 생일이 별거라고, 엄마가 잘하는 말이에요. 특히 본인 생일을 그리 말합니다. 그러면서 자식들 생일은 일찍부터 챙깁니다. 엄마 말대로 생일이 뭐 별거라고……. 별거는 아닌데 반짝반짝, 따끔따끔 마음이 생겨나는 날입니다. 당사자보다 축하해주는 사람이 환해지는 날이니, 생일인 사람이 자신의 생일을 선물해주는 날인지도 모르겠어요.

"누구나 한 번 가는 길을/ 내가 어슬렁어슬렁" 갈 수 있는 것은 "싱그러운 거목들"때문입니다. 멀리 가도 거목이 함께 있다는 것을 느낍니다. 언덕은 아름답습니다. 나도 환합니다. "천천히"와 어슬렁은 잘 어울립니다. 거목들은 처음 생겨난 곳, 연한 그곳을 잊지 않습니다. 거목이 고목이 되지 않는 비결이기도 하겠지요.

"세상에 나오지 않은/ 악기를 가진 아이와/ 손 쥐고 가"는 것은 누구일까요? 나일까요? 거목일까요? 언덕일까요? 아이 자신일까요? 어쩌면 거목과 나와 아이와 언덕은 서로가 있어 점점 더 길어지는 손을 갖게 되는 것은 아닐까요? 말개질 때까지 씻긴 언어라서 김종삼 시를 청교도적이라고 하지요. 김종삼 시는 말을 덧붙이기 어려워요. 다만 너무 조용하죠. 생일처럼요.

생일이라는 풍경. 들리지 않는 악기 소리를 듣는 사람들이 있습니다. 세상에 나오지 않은 아이를 만나러 온 사람들이 있습니다. 길이 만들어집니다. 모두가 숨죽였을 때 울음소리가 들려왔습니다. 다행이에요. 일 년에 한 번씩 생일이 돌아와서요. 당신의 처음 시간에 닿아볼 수 있어서요. 되돌아오는 시간이 점점 길어져도 괜찮아요. 당신이 있잖아요.

생일의 풍경. 어둠 속에서 케이크에 켜진 촛불을 막 끄려는 순간처럼 '너무 조용'해도 괜찮아요. 오늘은 당신의 생일입니다.

深
情

유
희
경

　마음(心情)은 어디를 지나야 깊은 마음(深情)이
될까요. 깊은 마음의 자리는 어디여야 할까요.
물속으로 뛰어들었던 것은 심장이 뛰었기 때문.
물은 흘러가고, 나는 물이 아니어서 돌멩이로 남
았지요. 심장은 돌멩이처럼 단단한 것이었지요.

　말도 표정도 흐르는 것이어서 물결이 되었지
요. 눈코입은 표정은 따라갔지요. 나는 눈물이
없고, 표정이 오해였다는 것을 알게 되었지요.
물이 씻어주었으므로 물에 담겼으므로 나는 얼
굴 없는 돌멩이가 되었지요. 심장은 돌멩이 속
돌멩이라는 것을 알게 되었지요.

　나는 나에게서 흘러나오는 소리를 듣느라 움
직일 수 없고 번질 수도 없어요. 절망의 멈춤이
아니라 깊은 곳으로 내려가고 있는 중이에요. 심
장은 단단해서 계속 뛴다는 것을 알게 되었어요.

　작은 물결처럼 골목이 부활했지요. 다양한 시
선들이 모여 문화를 만들어가고 있어요. 독립책
방들이 계속 생겨나는 사회에는 희망이 있지요.
시집만 파는 서점도 있잖아요. 생겼어요.(생겼
잖아요.) 시를 사이에 두고 심장이 뛰는 순간. 시

읽는 사회. 굳은 마음이 아니라 깊은 마음이겠
잖아요!

빛에 관한 연구

하재연

"빛이 사라진 지구"가 혼자 돌고 있는 밤. 지구의 고독, 지구의 적막, 지구의 어둠. 빛이 모두 사라질 수 있다면 지구인들도 원래는 고독, 원래는 적막, 원래는 어둠. 다급하게, 빛은 어떻게 발생하죠? 우선 분쇄기, 우선 직선으로 긋기, 물뿌리개라도 먼저. 아니 아니 그보다 유영, 유영. 떠오르자.

'처음의 방식으로 고독해진 지구의 인사'는, 인간들 굿바이. 반짝이는 무한, 반짝이는 음, 흰빛, 공기 실로폰 너머에서, 우주적인 회전의자를 장착한 지구. 지구를 떠나는 지구의 인사는, 알 듯 모를 듯, 닿을 듯 물러날 듯. 둥글게 아득하게, 적막하고 아름답고 매혹적인 시. 자꾸 읽으면 우주적인 회전 직전까지 가게도 되는 시. 투명에 투명의 색이 겹쳐지는 시. 무엇보다 지구의 휘파람 같은 시.

"빛이 어떻게 발생하는지 묻지 않고/ 빛이 어떻게 사라지는지 연구하는 사람"은 사라진 빛의 자리를 제 뺨처럼 쓸어보는 사람. 사라진 자리에 제 손을 붙잡히는 사람. 빛의 마지막 입자를

메우는 아이러니를 겪으면서 빛의 마지막 촉감
이 되는 사람. 이렇게 써나가다가 이 시는 지구
적이 아니라 우주적이라서 문장을 멈췄어요. 그
리고 다시 여러 번 읽었어요. 그랬더니 우주적
인 회전을 하고 있는 지구가 나타났어요.

굿모닝 지구, 라고 말하는 대신 저도 모르게
눈을 두 번 깜빡거렸어요. 처음 방식, 아, 이것
을 인간적 사랑이라도 불러도 될까, 지구?

2

미
래
에
서

온

예
감

슬픈 감자 200그램은 슬픕니다.
슬픈 감자 200그램은 딱딱하게 슬픕니다.
슬픈 감자 200그램은 알알이 슬픕니다.

—박상순, 「슬픈 감자 200그램」 중에서

처음 읽으면 신선해요. 가벼워요. 이렇게 써도 시가 되네, 하는 생각이 들어요. 감자 200그램이 아니라 "슬픈 감자 200그램"이라고 할지라도 이것으로 시를 쓰겠다고 마음먹는 것도, 쓰기도 쉽지 않지요. 한 번 더 읽으면 슬픈 감자 200그램을 옆으로, "신발장 앞으로" "거울 앞으로" 함께 옮기게 되지요. "어젯밤엔" 침대 밑에 넣어두었던 슬픈 감자 200그램을 "오늘밤엔" 의자 밑에 숨기면 의자 밑에 숨겨지지요. 또 한번 읽어요. 슬픈 감자 200그램은 슬픈 감자 200그램의 물성을 가져요. 슬픈 감자 200그램을 어디에 담았을까, 궁금해져요.

감자 200그램은 딱딱해요. 슬픈 감자 200그램은 딱딱하게 슬퍼요. 슬픈 것도 사실이고 딱딱한 것도 사실이에요. 슬픈 감자 200그램은 동시에 200그램이면서 "알알이" 200그램이에요. 최소의 언어를 사용하는 시 안에, 옮기고 숨기는 공간이 있고, 과거 현재 미래가 있고, 정서와 현실도 있지요. 슬픈 감자 200그램. 슬픈. 감자. 200그램. 이어 읽어도 마침표를 찍어 읽어도,

각각 다 보이고 느껴지는 시예요. 이 지점이 박
상순 시의 요술이죠.

　일찍이 티셔츠에 그려진 "양 세 마리"(「양 세
마리」)로 다른 시세계를 연 박상순은 짧지 않은
시력詩歷을 가지게 되었지요. 현실의 풍경을 구
체적으로 포획하면서 언어는 여전히 유니크하
다는 것이 놀랍지요. "슬픈 감자 200그램은." 마
침표는 열리면서 닫혀요. 이후는 읽는 이의 몫
이에요.

사랑이란 이 세상의 모든 것

에밀리 디킨슨

알다가도 모를 한 단어예요. 밀어두었다가도 다시 닦아 뛰는 심장으로 사용하는 말이에요. 새벽 4시 불 꺼진 사람들의 집 곁에 물끄러미 켜진 빛이에요.

점점 더 모르겠는 말이어서 조그맣게 따라 읽어보았어요. "사랑이란 이 세상의 모든 것/ 우리 사랑이라 알고 있는 모든 것". 사랑은 도처에 있으므로, 사랑이 없다면 세상이 아니라는 뜻도 되겠지요. 사랑이라 알고 있는 것을 다 잃어버리면 사랑을 아는 우리도 다 사라진다는 것이지요. 사랑은 스스로 끌고 가는 시간이므로, 자기 그릇만큼만 담을 수 있지요. 그러나 자주 사랑은 그릇 밖으로 넘치지요. 넘칠 때 사랑을 담은 이는 사랑에 묻힌 채 빛나지요.

에밀리 디킨슨은 평생 고향 집을 떠난 적 없이 시를 썼지요. 생전에는 일곱 편을 발표했을 뿐, 그녀가 쓴 1700여 편의 시는 사후에 봉인이 풀렸지요. 제목 없이 쓰인 시들에는 첫 구절이 제목으로 붙여졌지요. 흰옷만 입었다는 이야기가 전해질 정도로 청교도적이었던 디킨슨은 사랑을 발견했지요. 거듭되는 이별과 죽음의 슬픔에서 멈춘 것이 아니라 "크나큰 고통이 지난 뒤"(「크나큰 고통이 지난 뒤엔」), 사랑에 이르지요. 사랑은 너머의 시간이에요.

모래시계

신용목

동네 언덕을 천천히 오르는데 뒤에서 소리가 들려요. 서둘렀더니 시간이 남았어. 내일이 벌써 월요일이야. 중간중간 끊어질 듯하다 엄마, 엄마 이러면서 말을 이어가요. 차분하고 다정한 목소리여서 쉽게 돌아보지 못하다가 담벽에 그려진 어린 왕자를 보는 척하며 살그머니 고개를 돌리니 소녀가 휴대폰으로 통화를 하고 있어요. 좋은 대화는 저렇게 차분하고 다정한 것이구나, 새삼 느껴요.

모래시계는 차분하고 다정한 대화 생김새지요. 잘록한 가운데를 두고 위아래가 같은 크기지요. 좁은 속을 관통하는 모래도 보이지요. 위아래를 바꾸어야만 시간은 멈추지 않아요. 잠처럼 꿈처럼 꿈속 누군가처럼, 그러나 가까워지면 누가 누군지 알 수 없는 반복이 계속되지요.

인간의 형상은 모래시계를 닮았지요. 비록 우리가 모래시계처럼 투명하고 세심한 허리를 갖지는 못했지만, 상처와 슬픔으로 만들어진 침묵 속으로 귀를 기울이지요. '파도가 내 몸의 모래를 다 가져갔을 때', 그러나 모래는 없어지지 않고 해변을 마련해두었음을 잊지 않았을 때, 우리는 새로운 시간을 위해 기꺼이 각자의 위아래를 바꾸지요.

"누군가가 누군가를 부르면,// 내가 돌아"봐요. 나는 우리이기도 하기 때문이지요. "누군가가 누군가를 부르지 않아도/ 나는 돌아"봐요. 보이지 않는 기척을 느끼기 때문이지요. 모래 한 알 한 알처럼 우리는 있지요. 모래 한 알 한 알이 모여 모래시계가 되지요. 해변에는 모래가 가득해요. 같은 모래로 우리는 잠과 꿈을, 꿈을 가로질러 오는 누군가를 만들어요.

여행으로의 초대

김승희

홀쩍 떠나고 싶어. 나를 아는 사람이 아무도 없는 곳에 가서 며칠만이라도 머물고 싶어. 우리는 이런 말을 하며 살지요. 오로지 떠나야 한다는 생각으로 매일 짐을 꾸리는데, 실행에 옮기지 못해 매일 트렁크를 끌고 다니는 한 소설 속 주인공처럼, 떠나는 것은 쉽지 않아 이런 말을 자주 하게 되는 것이지요.

여행은 즉각적으로 자유로 연결되지요. 자유가 생기는 것은 온통 "모르는" 속에 놓이기 때문이지요. 모르는 도시, 모르는 강……. 모르는 장소는 나를 둘러쌌던 안전한 장소를 잊게 만드는 힘을 발휘하지요. 모르는 곳에서 온전하게 모르는 사람이 되게 해주는 것은 언어지요. 모르는 언어가 내가 알고 있던 언어를 한순간에 잊게 해요. 생각이 중지되는 곳에서 나도 "한 포기 모르는 구름 이상의 것이 아니"었구나, 느끼게 되는데 슬프지 않고 좋아요.

아는 사람으로 나타나기 위해, 아는 사람이 되기 위해, 우리는 지나친 애를 쓰고 있는 것인지도 몰라요. "모르는"은 삶에서도 시에서도 가

장 중요하지요. 숭산 스님처럼 '오직 모를 뿐'이
라는 화두를 가지면, "나는 나도 모르게 비를 맞
고 좀 나은 사람이" 되어 사랑을 만나게 될지도
모르죠. 모르는…… 모르는…… 구르는 빗방울
처럼 리듬도 좋아요.

느림보의 등짝

심보선

저는 등에 대한 예민함이 있는 부류이지요. 등을 보이는 것을 어려워해서, 좀처럼 먼저 등을 보이지 않으려고 해요. 반면, 헤어질 때 타인의 등을 보는 습관이 있어요. 앞모습에서 본 느낌과 같은 등도 있지만 정반대의 느낌을 받을 때도 있어요. 살아오면서 '나는 등을 믿어'라는 혼잣말을 자주 했지요. 무방비의 뒷모습에 민낯이 들어 있다고 여겼기 때문일 거예요. 이것은 제 자신에게도 마찬가지여서 저는 볼 수 없는 제 등을 복기하는 데 상당한 시간이 들지요.

산책을 하는 사이는 '느린 걸음으로 함께 걷고 싶어. 바라보는 방향이 잘 맞아'를 의미하지요. 문제는 어찌 보면 사소한, 또 어찌 보면 결정적일 수도 있는 곳에서 일어났지요. "A는 타인의 뒷모습을 보면 기분이 좋아지는데/ B는 타인의 뒷모습을 보면 기분이 울적해"졌지요. A는 자연스럽게 걸음이 느려졌고 B는 걸음을 재촉하게 되었지요. 이런 순간이 잠깐이었으면 별일 아니었을 텐데, 산책이란 이런 시간의 지속이지요. 그러므로 함께 산책하고 싶은 사이임을 상기시켜도 둘은 점점 멀어지지요. "하여간 느림 보들의 등짝이 문제라니까", 둘은 다시 산책 길에 나서겠지만 "다른 시간에 다른 열쇠로 다른 현관문을" 열게 되는 실패를 거듭하겠지요.

이해와 소통은 다르지요. 이해는 상황이 지나간 뒤 서로의 관점에 맞추려고 애쓰는 이성적 시도이고, 소통은 같은 시간에 같은 열쇠로 같은 문을 여는 것이지요. 이해와 소통이 섞여 관계가 직조되는 것이지만, 이해만 점점 커진다면 그 산책은 더 이상 함께할 수 없는 것이지요. 이런 계속되는 뒤척임 속에서도 결국에는, 내 등부터 살펴보자. 늘 이르는 결말이지요.

명랑

고영민

더워도 너무 더운 날이 계속되고 있어요. 한밤에도 한낮 같은 열기가 훅 끼치니, 너 밤 맞니? 적잖게 당황스러운 요즘이에요. 만나고 헤어질 때 인사는 덥다가 되었어요.

날이 더워 그러는 것인데요. 덥다 그러면, 마치 나를 향해 말하는 것 같기도 해서 더 더워져요. 덥다는 말에는 따뜻하다를 넘어선 열기, 답답하다가 포함되지요. 따뜻함이 지나치면 답답함으로 변하지요.

"명랑"은 오묘한 단어예요. 명랑은 밝음이 가득한 상태지요. 따뜻함이 답답함으로 변하지 않고 청량함을 유지하는 상태지요.

명랑은 "나는 내가 좋습니다"에서 비롯되지요. 이런 명랑을 가지고 있으면 "당신도 당신이 좋습니까", 물을 수 있어요. 명랑하면 오늘 나에게 당신 생각이 잠깐 다녀갔습니다가 아니라, "오늘 나에게 당신 생각이 잠깐 다녀갔습니까"라고 묻게 되지요. 약간은 장난스러운, 그래서 더 사랑스러운 물음표. 자기 꼬리를 물어보고 싶은 호기심과 재미있음. 명랑이에요.

어둔 하늘 아래 방앗잎처럼 천천히 시들지요.
명랑은, 아니 명랑도 가볍게 오가고 싶지 않아
요. 어둠에 잠길 때쯤, "정말입니다/ 나는 내가
좋습니다", 명랑은 슈퍼맨처럼 솟아올라요. 감
당할 수 있는 풍경을 넘어설 때에도 명랑을 잃
어버리지 않는 것이 명랑이에요. 정말입니다 나
는 당신이 좋습니다, 아니고, 정말입니다 나는
내가 좋습니다. 그런 명랑 하나, 또 그런 명랑
하나, 나란할 때, 밝고 밝히는, 진정한 명랑 한
쌍이 되지요.

페인트

안미옥

너는, 그리고 내가 가끔은 너라고 부르는 나도 책상은 아니에요. 다만 '책상처럼 앉아' 있었던 것이에요. 우두커니. 하염없이. 앉아 있는 고체에서 흘러내리는 액체의 감각. 나로부터 내가 흘러내리는 것이어서 진득진득해요.

"페인트"는 위장의 대가죠. 색색의 무장해제 속에 얼룩도 "철계단의 녹"도 감추죠. 나만의 문 하나쯤은 가져야 하는데, "단 하나의 문마저도 남의 것"인 나는 페인트가 될 수밖에 없죠. 아니 페인트도 못 되고 페인트처럼 되어가니, 더 많은 방을 더 많은 문을 만들 수밖에 없죠. 그것이 아니라 그것처럼. 존재 자체는 없고 비유의 자세가 되어갈수록 고립되고 싶어도 고립될 수 없어요. 그리고 나는 자꾸자꾸 흘러내릴 수밖에요.

페인트의 마술로 말끔해졌어요. 역시 문 하나 없는 새로운 세입자가 오기 전에 나는 떠나요. 아주 좋은 곳으로 고쳐진, 페인트가 칠해진 집에 들어오는 세입자도 이곳을 떠날 때쯤 되면 떠나온 방들의 기억이 떠오를 거예요. 책상처럼 우두커니 앉아 페인트처럼 흘러내리던 순간들.
그리고 몇 년간 지낸 이곳에는 이전 세입자의
흘러내린 '처럼의 감각'도 섞여 있다는 것.

　확장시키면 우리는 모두 세입자인 셈이지요.
이런 비유는 느슨하고 모범적이지만 내 집, 우리
집, 우리들의 집, 인간의 발명품인 페인트에게서
배워야 할 것은 이런 번짐의 경쾌함이지요.

"필요"처럼 힘센 말도 없어요. 내가 나에게서 필요해, 라는 말을 들으면 나는 내 필요의 방향으로 질주하고, 너에게서 필요해라는 말을 듣고 그 필요가 나에게 감염되면 너의 필요를 위해 나는 달려요. 좋은 저녁 한 끼를 위해 "막히는 길 뚫고 차로 몇 시간을 달"릴 수 있고, "다 읽지도 못할 책을 욕심껏 담아온 내가 더 빛나는 때가 있"어요.

지극히 객관적인 듯 보이지만, "필요"처럼 주관적인 시간도 없어요. "엄마가 필요"하다가, "아빠가 필요"하다가, '방치된 집이 부모보다 더 필요'하기도 해요. 아이로니컬하게도 필요는 불필요가 될 확률이 높아요. 불필요는 필요의 미래 모습이기도 하잖아요.

필요는 동력인 동시에 에너지 소비의 주범이죠. 필요의 동력인 질주의 다른 면은 도망 중이죠. 그런데 말이죠. "사랑해, 나도 사랑해요", 펼쳐진 페이지처럼 확인했음에도 "내 속에 너무 사랑이 없어서 놀라는 때가 있고", 다정함으로도 나눌 수 없는 "두꺼워지는 침묵"을 시집 한

권처럼 구비하고 있다면, 필요를 멋지게 사용하는 법을 터득한 인물 아닐까요? 필요해서 필요까지 달렸는데, "제때 아닌 도착"을 하는 계속 어긋나는 시간에 대고, "너무 시간이 없어서/ 너무 바빠서 고치지 않는 마음이 있"다고, "내가 더 무너지게" 된다고 말하는 인물이라면, 오는 공을 멋지게 받아치는 타자 아닐까요?

고쳐지지 않는 마음은 고칠 수 없는 마음이고, 이 어쩌지 못하는 증상을 가지고 있다면, '고치지 않겠다'의 자발성을 선택하는 것, 이것이 필요의 충분조건이죠. 공이 날아오면 공을 받아치는 힘, 호락호락하게 받아들이지 않겠다, 그 저항, 그 역행이 나를 나이게 하는 최소 자리, 세상에 다 흡수되지 않는 나, 흔히 '정체성'이라고 부르죠.

삶은 마술이다

채호기

'삶'이라는 단어는 어떤 은유로 치환해도 설득이 되지요. 그만큼 '신비'의 영역이 많다는 뜻이지요. 여기 "삶은 마술이다"라는 은유가 있어요.

"마술"은 뜻밖의 길로 오지요. 이 시는 '영혼-고양이-일상-섬뜩한 키스-그와 그녀'의 동선을 사용하지요. 인간 앞에서 신중하게 털을 핥다가도 접근하면 달아나는 고양이, 영혼이 이러하지요. 이 알 수 없는 수학적 저항 사이에, 행운의 비둘기를 복원시키는 완고한 일상에, 불가능의 아름다움을 만나는 순간에, 마술의 삶이 반짝이지요.

눈 한 번 깜빡할 수 없을 만큼의 치명적 아름다움을 함께 느낀 순간이 바로 풍경을 담은 아름다움의 긴 꼬리에 쩔리는 때. 그러나 사나워질 때까지 질주하지 않았다면 아름다움은 만날 수 없었을 거예요. 나란히 섰던 순간, 단 한 번의 눈짓, 사라지는 음악. 영혼은 달아나는 것. 마술은 거짓이에요.

그러나 이별의 순간에도 "삶은 마술". 이별이 와도 삶은 계속되니, 삶에 끝내 삶은 남겨두는

삶. 함께 보았던 풍경이 사라져도 그곳의 음악이
들려오는 것처럼 삶은 마술 그 자체인 것이지요.

친밀감

김미령

시작은 그러했을 거예요. 곱디고운 가루를 체에 넣고 한 번 더 고르는 동작처럼. 서로서로. 조심조심. "친밀감"이라는 단어는 입안에서 사르르 녹는 달콤함 같지요. 외로움이 켜드는 촛불 같지요. 친밀감은 다정을 떠올리게 해요. 친밀감이 다정을 만드는 동안, 엉겨 붙는 흉물스러움도 생겨나요. 서로의 질감을 우리는 대화로부터 분리해낼 수 있을까, 자꾸 혼잣말을 하게 되지요.

경계가 없다면 형태도 없지요. 형태는 다른 것과의 구분인 동시에 닮은 것과의 연대이지요. "하나의 형태를 이루려는"의 방향이 대화라면, 서로의 질감은 "경계"이지요. 대책 없는 조화에서 친밀감은 나타나지만, 쌓거나 뭉친 얼굴을 친밀감이라고도 부르지만, 엉키면 구분이 되지 않아요.

우두커니 웅크리고 있는 소파와 언제까지나 녹지 않을 뼈 같은 눈물과 매일매일 알 수 없음으로 도착하는 아침. 고독한 이 뒤척임들이 친밀감을 견고하게 하는 재료들임은 틀림없지만

요. 서로의 질감이 구분될 만큼의 간격은 필요
해요. 간격은 서로의 얼굴이 정확히 보일 만큼,
그 정도의 거리이지요. 친밀하다고 가까이만 가
면 얼굴이 흐리게 보여요.

'생크림 속에 점점 묻히고 있는 힌트'. 그러나
'저항은 희고 순수'하니까, 우선 거리를 확보해
봐요. 닿을 듯 말 듯 사이에서 기분 좋은 바람도
불고 별도 뜨고 벽이 아니라 신뢰도 생겨나요.

노래에게도 노래가 필요해

김복희

이 시는 영화의 장면처럼 흘러가요. 나는 방진복을 입고 마스크를 쓰고 하루 종일 컨베이어 벨트 앞에서 일해요. "물건에 껍질을 씌우고/ 라벨을 붙"여요. 벨트와 물건은 동일한 간격으로 움직이는데 마음이나 영혼이 있을지도 모르는 나는 문득문득 일정한 속도를 놓쳐요. 아니 놓치려는 순간, 기계보다 더 정확한 사수의 외침이 들려와요. "저기, 너 말이야/ 죽으면 계속 커진다 생물일 때 꼼꼼하게 해".

나에게 하는 말인가요? 물건으로 만들고 있었을 수도 있는 생물에게 하는 말인가요? 어느 쪽으로 읽어도 섬뜩하기는 매한가지예요. "벨트 위를 보는 건 오직 두 눈"이라는 사수의 말은 사실이니까요. 이 말은 내일이 없다는 것을 알고 있는 내 두 손을 열심히 움직이게 해요. 벨트가 멈추고 소등이 되었는데도 다시 승객이 되게 해요. '차에 실려 졸다 보면 자의인 듯 타의인 듯 집에 도착'하는 것이지요.

시를 읽을수록 드론의 시선이 가동돼요. 작은 벨트를 벗어나면 그보다 조금 더 큰 벨트, 또 그보다 큰 벨트가 겹겹이에요. 얽히고설킨, 그러나 부딪치지 않는 고속도로처럼 말이죠. 아, 이 때, 벨트에 포위된 나에게서, "어디로./ 나로부터/ 멀리, 이것을 추락이라고 말하던 노래가 있었다"는 문장이 흘러나왔지요. 마치 견고함을 한순간에 부드럽게 탈출하는 노래처럼요. 나로부터 멀리, 이 추락은 나로부터 내가 멀리 갔구나를 상기하는 것이지요. 이것은 내가 원하는 나를 만나러 가는 길이기도 한 것이지요. 노래에게는 노래를 벗어나는 노래가 필요해. 나에게도 나를 벗어나는 내가 필요해. 화음이지요.

유리 제조공

아틸라 요제프

아틸라 요제프는 1905년 태어나 서른두 살에 스스로 생을 마감한 헝가리 시인입니다. 가난과 고통과 절망을 인간을 향한 멈추지 않는 사랑으로 돌파하는 시를 써서, 헝가리인들에게 큰 사랑을 받는 시인입니다. 요제프의 시는 선명합니다. 선명한 언어는 사족을 달 수 없는 '바로 그것'을 보여주기 때문에, 독자들은 위로를 받고 현실에서 행동할 수 있는 힘도 얻습니다.

"유리 제조공"을 생각해볼까요? 그는 뜨거움 가까이 있는 자입니다. 1000도 이상의 뜨거움을 녹여 투명한 안팎을 가진 유리를 만드는 자이며, 그 선명한 세계가 나타나는 순간을 목도하는 자입니다. 투명함은 선명함입니다. 선명함은 정확함입니다. 정확한 투명함. 뜨거움을 거쳐야, 그러나 속은 굳지 않아야 선명해집니다. 유리는 단단한 고체 상태지만 분자와 원자의 병렬 상태를 보면 액체에 가깝습니다. 액체는 빛을 차단하려는 경계가 없어 빛이 쉽게 통과됩니다.

유리 제조공은 불투명을 녹여 투명을 만듭니다. "노동자"는 끓이고 섞이는 시간의 뜨거움으로 자신도 점점 투명해집니다. "우리를 위하여". 우리를 향하여라고 읽고 싶습니다. 빛이 통과되는 곳에서 우리는 어찌해야겠습니까. 유리가 우리에게 던지는 질문이기도 합니다.

"조금씩 피를 쓰다/ 투명해지고" 아름답고 참혹한 구절입니다. "미래를 향한 큰 크리스털 유리창을/ 우리를 위하여 끼운다네" 노동자와 유리는 분명 그러합니다. "시인"도 그러할까요. 그러기 위해서는 우선은 투명에 가까워지도록 피를 써봐야겠습니다.

유령 운동

안미린

　"우리라는 운동"이 있어요. 운동은 움직임이에요. 큰 차이가 없어 보여도 변화를 내포한 상태를 움직임이라 하지요. "우리라는 운동"은 미래에서 왔어요. 미래에서 왔으니 아직 몸 없어요. 몸보다 먼저 온 감각이지요. 예감이라는 느낌이 무엇이었는지는 현재라고 부르는 것에서부터 겪어보면 알게 되지요. 몸은 그렇게 만들어지지요.

　우리라는 운동은 아직 몸 없고 예감만 있으니, 유령에 가깝지요. 유령이라는 기척은 몸을 완성해가는 방향으로 움직이지요. 출발은 어디서부터가 중요한 것이 아니지요. 시작한 곳을 출발이라고 부르지요. 거꾸로 숫자를 세기 시작하면, 그곳은 체념이 아니라 출발 지점이지요. 큰 과자를 처음 먹을 때처럼 입술을 다친다 해도 멍든 무릎에는 그 시간의 문장이 기록되지요.

　'우리'는, 인간을 육박해오는 로봇일 수도, 우리가 바라는 우리일 수도, 또는 또 다른 존재일 수도 있지요. 중요한 것은, 음악과 뼈와 혀의 농도를 감식하는 정확함이 생겨날 때, 목소리에 가까워진 심호흡, 단호하게 전달되는 침묵이 놓이는 곳을 알게 될 때 우리가 된다는 것이지요. "뼈를 베끼듯 우리/ 우리를 베끼듯 너희/ 우리를 베끼듯 유령들이 흔들렸으니", 그곳에서 우리라는 운동, 유령은 출발했지요. "어린애처럼 입을 다물고 어린애처럼 조금씩/ 해야 할 말을 시작하듯이/ 미래가 올 것 같았지", 이 시구는 미래에서 온 예감이지요.

기쁨과 슬픔을 꾹꾹 담아

최지인

너와 나는 손잡고 그림 앞에 오래 서 있던 사이지요. 내가 좋아하는 시야. 미술관 구석에 쪼그려 앉아 너에게 속삭인 나는 쌓인 짐들을 한쪽에 밀어넣은 단칸방에 살지요. 더는 더러운 개수대를 방치할 수 없다, 박스는 접어서, 페트병은 구겨서 정리하자 마음만 먹는 사람이고, "그런 건 없다" 생각해도, "읽지 않은 책은 읽지 않은 마음" 같아서 쉽사리 책꽂이에 꽂게 되지 않는 사람이지요.

"우리는 아직 젊고 앞으로도 젊을 거야 그래서 고통받을 거야 버는 돈이 적어서 요절 따위를 두려워해야 할 거야". 비장하게 읽으면 더없이 비장하고 무심하면 더없이 무심하게 읽게 되지요. 어느 쪽으로 읽는다 해도 받아들이지 않으면 절망도 허락되지 않는다는 의미는 동일하지요. 나의 살갗에 닿았던 너에게, 우리는 그럴 거야, 이런 얘기를 건넸지요. 속말이었을 거예요.

버려진 스포츠 양말 한 켤레는 누구보다 열심히 걸었던 그리고 어느 순간 열심히 걷기를 멈춘 투항의 흔적일까요? 미술관 구석에 쪼그려 앉아 시를 속삭이는 모습은 보기 어떤가요? 궁리할 거리가 많은 책등과 더러운 개수대와 미술관 한복판과 미술관 한구석. 그리고 눈 뜨면 네가 있어 부러 늦잠을 자던 방. 기쁨과 슬픔이 꾹꾹 담긴 이 섞임을 무엇이라고 부를 수 있을지는 모르지만, 거기서 보았던 그림 기억해? 눈빛으로 물으면 대답하는 눈빛이 있지요.

그래요. 세상에는 혼자서 할 수 없는 일이 많아요. 그중 하나가 사라지는 일. 내가 좋아하는 시야. 나랑 함께 없어져볼래? 고스란히 녹음되었던 이 시는 김행숙 시인의 「미완성 교향곡」의 한 구절이지요. 이 시는 이렇게 이어지지요. "나랑 함께 없어져볼래?/ 음악처럼".

명함 없는 애

박상수

새벽 4시 편의점 테이블에 있는 나와 언니의 사연은 이러했지요. "금테 명함"을 준 동기들의 얘기에 내내 방청객 마인드였던 나는 울렁거려서 화장실에 갔지요. "너 술 사주는 자린데 이상한 애들만 왔구나⋯⋯." "근데 너 그 애들 올 때마다 수저 세팅해주더라, 물티슈까지⋯⋯. 너 그런 애 아니잖아?" 나를 따라온 언니의 말에 나는 무너졌어요. 나를 알아준 언니 때문이었는지 나는 자리에서 벌떡 일어났고 언니도 같이 일어났고, 편의점 테이블에서 맥주를 마신 언니는 대취했지요.

"치킨 냄새만 맡으면 왜 난 눈물이 날까, 혼잣말을 하려니까 언니는 엎드린 채로 대답을 해줬어// 고마운. 거지. 네가 시키면. 언제든. 오잖아." 술에 취해 코를 골다가도 이런 말을 하는, 인생이 뭔지를 좀 아는 이 언니, 그래서 오늘 나의 유일한 위안이자 버팀목이었던 이 언니, 대리 기사가 오자 나를 안아주고 내 손에 언니가 쥐여주고 간 건 5만 원짜리 두 장⋯⋯. 그리고 더 놀라웠던 것은 나도 모르게 언니의 복을 빌고 있는 나…….

　말줄임표가 많아진다는 것은 어디를 향해서
든 묻고 싶은 것이 늘어난다는 뜻이기도 하지
요. 내일이 와서, 언니도 그 애들과 똑같아라고
항변한다면, 언니는 내 마음을 어떻게 그렇게
받니? 너 정말 지질해졌구나, 그럴까요? 내가
비는 언니의 복이 굴복이라고 생각하면 나는 내
가 정말 견딜 수 없고, 마음으로 받기에는 언니
의 금테 명함이 자꾸 겹쳐지니, "명함 없는 애"
라서 내가 정말 꼬인 걸까요?

상상은 출렁이지요. 우리가 담긴 곳은 달걀 모양이에요(지구가 달걀 모양이 아니라는 법도 없잖아요). 갇히지도 않았는데 스스로 멀리 못 가는 것을 보면, 자주 부유浮游하는 것을 보면, 우리는 달걀 모양의 어항에 든 열대어인지도 모르겠어요. 영역의 감각이 있으면 침범의 감각이 발달하게 되는 것도 난처하지만요. 이름조차 잊은 열대어가 되면 서로라는 영역까지 잃어버리게 되니 그 또한 난처함이지요.

상상은 지상의 중력을 벗어난 영역이 있기 때문에 출렁이지요. 상상의 통로, 가정법을 발생시키면 가려졌던 곳까지 확장되므로 불가능했던 질문이 가능해지지요. 바로 다음과 같은 질문들 말이죠. 우리가 달걀 모양의 어항에 든 열대어라면 누가 우리에게 먹이를 주었을까요? 그래서 우리, 언젠가 수면 위에서 하얗게 뒤집어진다면, 우리를 건져내는 손의 주인은 누구이며, 대지로 다시 돌아가 화원의 꽃으로 피어날 때 꽃을 꺾는 손은 누구일까요?

달걀과 어항과 꽃잎은 조심스럽게 다루어야

하는 연한 것들이지요. 열대어들이 담긴 예민한 물의 온도를 깨고 싶지 않다면 이곳에 다가오는 손 또한 조심스러울 수밖에 없지요. '유遊'는 '헤엄치다'로도 쓰지만, '놀다'라는 뜻으로도 쓰지요. 손가락 반 마디만 한 컵에 물을 담으며 소꿉놀이를 하는 어린아이의 손만큼 신중한 손은 없지요. 크기가 아니라 빛깔이 문제지요. 놀이, 즉 불가능한 질문을 할 수 있는 유희를 놓치지 않으려면, '달걀-어항-꽃잎', 이 감각을 사수해야하지요.

약진하는 사과

김산

과일들은 무엇인가를 알고 있는 모습이에요. 마음껏 빨간 사과는 특히 그렇지요. 빨강으로 물들지 않겠다는 푸른 사과도 뒤지지 않지요. 버스 정류장 앞 과일 가게, 사과에게 다가가 그 무엇인가를 물어보고 싶은 저녁이 많아요. 비닐봉지에 담겨 집집으로 흩어지는 사과는 사과 이상일 수도 있지요.

"악수를 하지 않아도 사과는 투명하"지요. 이미 손과 발의 복잡한 시간을 지나 간결한 모습을 갖게 되었기 때문이지요. 사과 속은 사과도 모르지요. 사과는 자신의 속마음을 알고 싶어 하지 않지요. 계산을 버린 씨앗의 광장을 알게 되었기 때문이지요. 속마음은 그 뜻 그대로 속에 담긴 것이지요. 사과의 속마음을 모른 채 우리는 사과를 들고 껍질을 깎았어요. 정중한 사과를 악력을 다해 반으로 쪼갰어요. 사과는 이때, 털을 깎이는 어린 양처럼, 그런 자세였을까요.

'사과 속에 나비'가 있었다고요. 나비는 사과의 속마음이 키우는 시간이지요. 진짜 셈은 속마음이 무엇이냐는 것이지요. 약진은 사과 속에 있고 사과 속 나비는 가을로, 겨울로의 방향이지요. 덥고 춥고의 기미라도 보일라치면 이별을 고하는 손은 셈이 다른 곳에 있는 것이지요. 폭염의 대지에서 무럭무럭, 주렁주렁, 투명에 다가간 사과가 되지요.

성북역

강윤후

"오지 않는 너"를 기다려요. '오지 않는 너'는 '오지 않을 너'라는 것을 나는 이미 알지요. 아는데도 기다림이 멈춰지지 않을 때, 기다림 스스로 구체적 공간을 만드는 걸음이 시작되는 것이지요. 네가 오고 있을 길은 길어지고, 나는 내내 걸어왔을 너를 위해 표정의 박물관을 짓게 되지요. 너를 마중 나가다가 찾아가게 되지요.

역은 기다리기에 좋은 장소지요. 기다림을 지속시킬 수 있는 장소지요. 선로와 플랫폼은 한 쌍이지요. 견딜 만한 길이의 선로는 기다림의 실체가 언젠가는 나타나고야 만다는, 숫자가 적힌 플랫폼은 실제 방향은 존재한다는 암시지요. 그래서 역에 섰을 때, 그것도 성북이라는, '둘러싸인 또는 다다른'의 이미지를 가진 성북역에 서면 어떻게든 기다리는 너를 만나게 될 것 같지요. 성북, 그곳에서 나 혼자 오랜 기다림을 끝내게 된다 해도, 그것은 너를 만나는 한 방법인 것이지요.

시는 이런 것이지요. '너는 오지 않을 거니까 잊어야 해, 얼른 이 감정에서 벗어나야 해'가 아

니라 내가 기다리는 너의 지금 모습을 대면하
게 해주는 것이지요. 보이지 않는 방식의 육체
를 가진 투명 인간의 투명한 형체와 나란히 서
게 하고, 함께 기다릴 수 있게 해주는 것이지요.
시의 작용이랄까요. 시라는 언어가 가져다주는
다른 국면이랄까요. '깨트리기, 벗어나기'가 아
니라 이곳의 난처함을 가지고 조금씩 전진하기.
그리하여 그리운 너와 만나기. 그러니까 시는
어느 순간에도 삶의 편이고요. 더불어 기다리기
로 한다. 다르게 겹치는 두 질감의 나란함. 기다
림을 위한 최소의 힘은 확보된 것이지요.

"커다란 장미 한 송이"는 온통 붉은색이었다
가, 붉은색 속 발그레한 볼처럼 분홍이 되었다
가, 흔들리는 분홍 속에서 언뜻언뜻 흰색이 보
여요. 그것은 내가 그리워하는 한 여자의 얼굴
이었을까요. 먼저 허공에서 닿아보는 그림자들
이었을까요. 장미 속에 장미가 있고 그 장미 속
에 또 장미가 있어요. 정원을 홀로 거니는 여자
예요.

나는 "단추 두 개가 모자"라는 옷을 입고 있
어요. 제어할 수 없는 것이 있을 때 정처 없음
이 되지요. 나의 정처 없음은 "보리수 늘어선 한
길"에 이르게 하고, 장미 사이 여자와 눈이 마주
치게 하지요. 먼 곳의 여자는 안쪽에 있는 여자
예요. 내가 걸어갈수록 안쪽은 선명해져요. 장
미를 헤치고 여자와 눈이 마주치는 순간. 보이
지는 않는 보리수가 흔들리는 소리를 들어요.
여자도 나를 향해 걸어왔던 것일까요. 여자는
원 속에 있고 나는 직선으로 걸어가요.

붉음과 흰색 사이 장미. 파랑과 초록 사이 보
리수. "단추가 없는" 옷과 단추 두 개가 모자라

는 옷 사이 한길. 둘이 나눠 가진, 같은 것이에요. '아니'는 아폴리네르가 좋아했던 여자 '애니 플레이든'이라 하지요. '애니'가 아니라 '아니'라는 제목은 번역가인 황현산 선생님의 감각이지요. 주석 없이 시부터 읽을 때, 한국어로도 이중의 느낌이 들게 하지요. 이것은 "거의 아무것도 없이 읽을 만한 것을 만들어내"는(황현산) 아폴리네르의 언어에, 번역이 육박했다는 것을 의미하지요.

언어에 한계를 느낄 때 이 시를 물끄러미 들여다보고는 하는데요. 그러다 보면 4D 화면처럼 바람과 향기와 눈빛이 담긴 풍경이 떠오르지요. 신기하게도 언어만의 선명함과 맞닥뜨리는 순간이기도 하고요. 좋은 번역은 이런 순간을 경험하게 하는 것이 아닐까, 생각되지요.

티베트여서 그래

이수명

밤이 오면 얼굴이 생기고 턱이 생기는 당신. 밤의 눈은 당신을 바라보고 나는 밤을 바라봐요. 밤의 깊은 곳에서부터 당신, 밤, 나, 이러하지요. 좋아 보여, 당신에게 어제가 나타날 때 우리는 같은 생각을 하는 것 같고, 나는 당신 곁으로 갈 수 있지요. 당신과 나의 발은 사라진 존재들이 깃든 "부식토가 움직이는 거리"에.

밤에 식당에 갔는데 자리가 없었어요. 새로 생겨 모든 것이 희고 깨끗한 곳에서 주문부터 해야 했는데, 마침 벽에는 티베트고원 사진이 걸려 있었어요. 이런 현실에서 비롯되었을 수도 있어요. 그러나 "밤이 와서 그래" "자리가 없어서 그래" "티베트여서 그래", 그래…… 그래…… 그래, 짐짓 무심함을 가장한 이 눈빛을 자꾸 우물거리게 되는 것은, 어제보다 좋아 보여, 이 말 만들고 싶기 때문이에요.

내일 만나요. 이렇게 인사합니다. 당신은 밤에 와요. 우리는 이제 조금 달라진 방식으로 살거예요. 밤이 와서 그래. 당신을 나타나게 하는 밤을 나는 볼 수 있어요. "너무 가까이 바라보는 티베트여서 그래". 고원 너머에서 당신은 떠올라요. 오늘이 내일로 바뀌는 그 시간. 그러니까, 내일도 만나요. 참 높은 정신이었던 당신. 그리고 참 좋은 사람이었던 당신. 한날 나란히 이승의 옷 벗은.

3

시선이 열리는 처음

동그란 빛에 들어 자는 일
삼각형으로 생각을 세우고
그림자와 빛의 이별에 관여하는 일
목소리로 빛의 무늬를 희석하는 일

―박연준, 「화살과 저녁」 중에서

봄가을

빈센트 밀레이

혼자라고 생각할 때도 혼자가 아니지요. 우리의 곁에는 누군가 있지요. 조금 가까이 또는 조금 멀리에. 봄가을. 봄가을. 이런 둥근 중얼거림처럼요. 햇빛은 늘 사선이었는데 따뜻하다고 여기는지 몰라요. 곁에서 걸어주는 사람. 우리가 사랑이라고 부르는 존재 또한 그렇지 않을까요.

봄에 연인은 손 닿기 어려운 꽃 핀 복숭아 가지를 꺾어주었지요. 내 얼굴이 온통 봄이 되었다는 것이 중요하지요. 가을에 연인은 내가 감히 찬미하는 모든 것들을 비웃었으므로 나를 구성하는 나의 일상 또한 모두 사라졌지요. 그럼에도 나는 "그해 봄" "그해 가을"이라고 부르는 지나간 "봄가을"을 여전히 보고 듣지요. 지나간 시간은 굳어버린 시간인데, 아직도 굳지 않은 곳이 있다면, 그곳은 여전히 살아 있는 시간인 것이지요. 그래서 그곳은 지금도 움직이는 나의 곁이 되는 것이지요.

한 해의 봄에는 한 해의 가을에는 "보기 좋고 듣기 좋은 것들이 많"지요. '사소한 것들로 사랑이 떠났다는 것'은 변하지 않는 사실이지만, 내

마음과 나날을 아프게 한 사랑에도 훼손되지 않
은 봄가을은 여전히 존재하지요.

화살과 저녁

박연준

실패도 선택할 수 있는 것이지요. '실패했다'는 한동안의 시간을 통째로 규정하는 방식이지요. 그에 반해 "모든 것에 실패하고 싶다"는 선언은 결과를 염려할 힘으로 먼저 화살을 쏘는 행위지요. '정중앙을 맞히고야 말겠다'는 실패할 확률이 높은 화살이지만 '실패하고 싶다'는 자유롭고 싶은 화살이지요. 과녁에 이르는 동안 쏜살의 기쁨을 느끼는 화살이지요.

모든 빛이 모든 어둠으로 바뀌는 저녁 또한 전면전의 선언이지요. 동그란 빛에 들어 자야 따뜻하고, 생각은 삼각형으로 예리해져야 그림자와 빛이 헤어지는 찰나를 포착할 수 있어요. 발끝으로 세상을 걸어 발가락이 가장 먼저 낡으면 예리한 화살이 될 수 있을까요? 과녁에 온 신경을 집중하는 화살이 되는 삶. 이쯤에 이르러 "나는 모든 것에 실패하고 싶다"고 선언했을 거예요. 평화의 비둘기를 날려 보내는 심정으로 자발적 항복을 선택했을 거예요.

그러고 나니 화관을 만들고 싶어졌어요. 나중에 죽은 사람들에게 씌워주고 싶은 화관은 민들

레, 개암나무, 피자두로 만들고 싶어요. 그들은 나의 이름을 모를 테지만 나는 그들의 이름을 알고 있으니, 실패를 선택한 내가 만드는 이 화관은 구속의 시간을 벗어난 싱싱함이에요. 시공간의 확장이에요.

어둠이 깊은 계절이 시작되었어요. 날이 차가워지는 만큼 어둠도 선명하게 깊어지지요. 실과 실패의 관계처럼, 모이는 실패는, 다시 쏠 수 있는 화살인 동시에 화관을 만들 수 있는 주재료가 되지요. 잎과 꽃이 달린 부드러운 줄기가 없으면 화관을 만들 수 없으니까요.

『시를 위한 사전』 **마음산책**

**시를
위한
사전**

이원

독자님, 안녕하세요. 마음산책입니다.

『시를 위한 사전』은 독특한 책입니다. 시 한 편을 읽기 위해 필요한, 조금 다른 감각을 일깨웁니다. 일상 속에서 둥글어진 눈빛보다는 다소 날카롭게 갈아진 뾰족한 시선을 찾아주는 시 읽기 사전이라고 말할 수 있어요. 이원 시인은 시를 읽는 방법의 한 축을 제시합니다. 100편의 시를 다루면서 문장, 분위기, 호흡 등을 시인만의 감성으로 파고들며 읽고 언어의 활용과 의미를 찾아냅니다. 가령 진은영 시인의 「쓸모없는 이야기」를 보면, 다음과 같이 시 읽는 감각을 돋워줍니다. "읽을수록 촉감과 소리와 침묵과 색과 향기로 풍성해져요. 한 행 한 행은 독립적이면서도 서로서로 영향을 주고 있어요."

『시를 위한 사전』은 시를 읽기 위해 곁에 둘 사전이기도 합니다. 또한 이원 시인의 글을 읽으며 저절로 시 목록을 살피게 되지요. 시를 이루는 아름다운 문장들의 연결 안에서 잠시 길을 잃어도 좋겠습니다. 이원 시인의 말대로, 시를 위한 이 글들을, 시 곁의 다정한 기척으로 읽어주시길 바랍니다.

마음산책 드림

침묵지대

조용미

"침묵지대". 침묵 보호 지구라는 뜻입니다. 마음에 꼭 듭니다. "봉쇄 수도원". "수도사". 침묵지대와 어울리는 단어들입니다. "고독". "하얀 언어". 보태도 침묵은 늘어나지 않습니다. 침묵은 단단하지도 물렁하지도 않습니다. 침묵은 침묵으로 존재합니다. 고여 있으며 흐릅니다.

고요가 공간에 관계한다면 침묵은 입에 관계합니다. 말 없음이 아니라 삼킨 말입니다. 입은 무엇일까요. 이런 자문 뒤에, 삼킨 말은 어디에 위치해야 할까요라는 질문이 생겨납니다. 삼킨 말이 사라지지 않게 하는 것이 침묵의 힘입니다. 침묵지대. 삼킨 말들이 존재하는 곳. 돌아봄이나 묵상이 가능한 이유입니다.

삼키는 말이, 침묵지대가 더 더 필요합니다. 잊지 않기 위해 삼킨 말이 위치하는 곳을 가만히 살피는 일. 투명에 가까워질 때까지, 낮게 가라앉은 빛들이 들끓는 것을 멈추지 않는 일. "침묵지대라는 표지판을 걸어두면 침묵이/ 샘물처럼 생겨"납니다. 꼭 필요한 이들을 위해 마련해두는 것이 샘물입니다. 침묵 아닌 것들을 침묵

111

이 막아낼 수 있는 것은 삼킨 말을 샘물이 될 때
까지 담고 기억하는 것에서 오는 힘입니다.

섬들

블레즈 상드라르

　여행을 떠나 보면 세상에는 참 다양한 지형이 존재한다는 것을 실감하지요. 첩첩산중이라는 표현처럼 겹겹의 산에 둘러싸이기도 하고 굽이 굽이 산을 빠져나오면 느닷없이 바다가 펼쳐지기도 하지요. 물로 둘러싸인 육지, 섬은 누가 보아도 참 다른 시야지요. 섬을 바라보면 가장 먼저 '단절'이 떠오르지요. 배가 끊겼다는 표현의 사실성처럼 물에 딩그러니, 섬은, "결코 땅을 밟지 못할", "결코 내딛지 못할" '절대 고독'을 품고 있지요.

　"표범처럼 웅크린"과 같이, 인간의 시선은 섬들을 자주 동물의 형상에 비유하지요. 언제라도 단절을 헤치고 나올 수 있을 거라는 인간의 무의식이 반영된 것이지요. 1887년에 태어나 1961년에 생을 마감한 블레즈 상드라르는 "구두창에 바람이 든 사내"(『너무 낡은 시대에 너무 젊게 이 세상에 오다』)라는 수식이 붙을 만큼 세계 각지를 누볐던 모험가였다지요. 섬은 움직이지 못하는 것일 수도 있고 움직이지 않는 것일 수도 있는데, "시란 대담하고 새로운 장치로 행동을 말 속에 가두는 것"이라는 시론을 가진 모험가는 "움직이지 않는", 이 자발성을 선택했지요.

요즘 섬 같아. 흔히 쓰는 비유지요. 나만 외따로 떨어져 있는 것 같은 고립감을 누구나 겪지요. 고독할 때는 고독에 집중하기. 물론 이게 말처럼 쉽지는 않지요. 그러나 이 최소의 중력을 놓치면 해변에 던질 구두가 생각조차 나지 않게 되지요. "그대들에게 가닿고 싶은 마음에", 이 낭만적 시구는 때로는 절박함에서 비롯되기도 하지요. 그러므로 고독에 집중하는 것은 "잊지 못할 이름 없는 섬들"처럼, 나의 "수목"을 살피고 돌보는 것에서부터. 밖의 시선도 중요하지만, 안의 시선에서부터 증명되어야 '나는 존재한다' 할 수 있지요. 존재는 섬들처럼 비밀을 거기에 품고 있지요.

불과 재

프랑시스 퐁주

삶이라는 시간을 사는 동안 꼭 필요한 것이 무엇일까요? 그것은 바로 '능동적 생각을 할 수 있는 힘' 아닐까요? 능동적 생각은 자발적 애씀에서 비롯되지요. 힘들지만, 힘든 곳에서, 즉 힘들인 곳에서 힘이 생겨나지요. 이것이 자연스러운 이치예요.

퐁주의 시는 프랑스 초등학생들이 가장 사랑한다 하지요. 사물 하나를 반년씩이나 들여다보는 방식으로 쓰인, 자칫 어렵거나 지루하다고 느낄 수 있는 퐁주의 시를 아이들은 눈을 반짝이며 재미있다고들 한다지요. 프랑스 아이들이 이런 친근함을 느낄 수 있는 것은 아주 어릴 때부터 문학책과 철학책을 가까이하기 때문이지요. 어린이의 기준을 어떻게 설정하느냐에 따라 어린이가 읽는 책은 달라질 수 있지요. 어려서부터 문학, 철학책을 읽으면 생각이 복잡한 아이로 성장한다는 염려가 들 수 있지만, 복잡함 속에 놓여봐야 복잡함을 헤치고 나오는 힘도 길러지는 것이지요.

"사물의 편"인 퐁주의 이 작품 한 편으로도 여

러 방향에서 능동적 생각을 해볼 수 있지요. 원숭이의 움직임을 닮은 불은 대담하지만 무서워서 번지는 것일 수 있어요. 발을 공손하게 모은 고양이를 닮은 재는 쉽게 흩어지지만 쌓아올리는 성질을 소유했지요. 상반되어 보이는 "붉은 불과 회색빛 재"는 한곳에서 발생하는 시간이지요. 시를 읽으면서, 아이들은 가까이는 우정, 멀리는 꿈까지를 스스로 생각해보게 되지요.

떨기나무

칼 윌슨 베이커

일상에서 시를 길어 올린 미국 시인 칼 윌슨 베이커의 이 작품을 읽고 나면 "떨기나무"를 찾아보고 싶지요. '찌르다'라는 어원을 가진 떨기나무는 나무라기보다 덤불처럼 보이는데, '떨기나무 불꽃'은 성경에 나오지요. "떨기나무에 불이 붙었으나 그 나무가 사라지지 아니하니라."(출애굽기 3장 2절) 이런 상징이지요.

지치고 피곤하면 축 늘어져서 여기 있고만 싶어, 그럴 텐데, 내 마음의 새는 "제발 여기서 내보내줘,/ 쉬고 싶어"라고 하지요. 마음은 새에게 안식처이면서 가둬둔 조롱이니까, 이런 메시지를 보내는 상황은, 가장 강력한 어려움에 처했다는 일종의 비명, 또는 SOS 같은 것이지요.

반나절이든 며칠간의 여행이든, 집에서 떠나기는 마음의 문 활짝 열어젖히기. 열린 문으로 갇힌 새 먼저 내보내기. 모래로 덮인 샛길…… 볼품없이…… 황량하게……의 땅을 새와 따로 또 같이 지나기. 마음속 새는 머리 위 새가 되고 나는 새를 따라가는 새가 될 때, 특별할 것 없는 떨기나무 꽃봉오리는 '떨기나무 가운데로부터 나오는 불꽃'.

　그러니까요. 하나. 내 마음의 새가 있다는 사실을 잊지 마세요. 둘. 마음의 새에게 귀 기울이세요. 셋. 새가 해달라는 대로 해주세요. 또 셋. 새에게 자유를 선물하되 새를 놓치지는 마세요. "내 마음은 쌩하고 공중에서 원을 그"리는 시간이 길어져도 셋 이상은 세지 마세요. 다시 셋, 또 셋 그러다 보면, 어느 순간 새의 말을 듣게 되죠. "이제 집에 데려가줘,/ 다시 노래 부르고 싶어."

생활이라는 생각

이현승

한날한시, 시작과 끝이 있습니다. "나는 슬픔의 손을 먼저 잡고 나중/ 사과의 말로 축하는 전하는 입이 될 것"입니다. 사과의 말로 축하가 가능하다는 것을 전하는 사람도 받는 사람도 알게 됩니다.

"이기지 못할 것은 생활이라는 생각"이고, "모자란 것은 생활"입니다. 이기지 못할 것은 상상과 절망과 기도를 계속하게 합니다. 이것이 이기지 못할 것에 지지 않는 방식입니다. 모자란 생활과 이기지 못할 생활이라는 생각은 결핍의 힘으로 서로를 부축합니다. 잠에서 깨어날 수 있는 이유입니다.

가을과 한가위를 생각합니다. 보름달을 보면 저는 눈을 질끈 감고 빠르게 소원을 빌거나, 내년에 빌어야지 해왔으니, 생활이 모자란 탓이지요. 이번 한가위에는 눈을 감지 않고 보름달을 마주해볼 요량입니다. 슬픔의 손을 먼저 잡는 사람이 되게 해달라고, 축하는 입으로 전해도 되지만 슬픔은 손을 잡아야 함을 잊지 않게 해달라고 말이죠.

내일

김명인

　'내일'만큼 강력한 단어가 있을까요? 매일 떠오르는 해와 같이, 존재를 다독이고 일으키는, 감정적 단어이기도 하지요. 한편으로는 내일만큼 막연한 단어가 있을까요? 저도 아픈 존재를 위해 내일 꼭 만나요라는 기도를 계속 드린 적 있지요.

　내일은 스스로의 아이러니를 알고 있었나 봐요. "미지를 사랑하는 여러분!" 이렇게 말하며 늘 앞장서 떠나고 있으니까요. 자신의 쓰임새는 몰라도, "열대우림에서 베어진 통나무가 얼음박물관의 기둥"이 되는 마법은 알고 있었으니까, 저를 쓰려고, 또 저를 쓰라고, 이런 의지이자 메시지를 쉬지 않고 보내게 되었지요.

　내일을 따르려거든 오늘을 탕진해야 하지요. 탕진의 기본은 '가진 것이 있다'에서 출발하지요. 없으면 탕진할 수 없지요. 새롭고 온전한 24시간이 매일매일 도착하는데도 말이죠. 같은 시간이라도, 없다와 있다, 두 생각은 정반대지요. 쉬지 않고 걸어도 계속 자신을 만나지 못하고 있는 내일은 '있다'에서 출발하니까, "닳도록 졸여도 눌

어붙지 않는/ 소슬한 희망", "어둠을 접붙이는 용접공의 불꽃"을 꺼뜨리지 않는 것이지요. 내일이 "먼 곳에서 먼 곳으로 옮겨" 갈 수 있는 이유지요.

가을

함민복

가을밤에는 창문을 살짝 열어두어도 좋지요. 서늘한 온도를 느끼며 작은 스탠드 불빛 아래에서 책을 읽기도 좋지요. 문장을 따라가다 어둠을 까슬한 이불처럼 덮어보는 것도 좋지요. 문득 창 쪽으로 턱을 괴다가 당신에게로 두둥실 떠가는 나를 보게 되어도 좋지요. 하늘은 높고 바람은 선선하고 열매는 사람들의 식탁에 다다른, 여백이 충분해진 시간이니까요.

어둠 속 둥근달. 달이 켜든 랜턴, 달빛. 내가 켜든 랜턴, 당신이라는 생각. 켜겠다고 의도한 것이 아니라 저절로 그렇게 된 것. 되고야 만 것. 하늘 속 어둠이 그러하듯, 어둠 속 달이 그러하듯, 달의 달빛이 그러하듯, 당신이라는 생각은 저절로 켜졌지요. 저절로 길이 되어 뻗어나갔지요.

'당신을 켜놓은 채 잠이 들'게 된 것은, 내가 나를 떠나 멀리 가는 여행을 시작했다는 뜻이지요. 당신에게로 뻗어간다는 것은, 나는 잠들고 당신은 점점 더 환해지는, 잠든 나는 잠든 채 당신을 알아보게 되는 동화지요. 한 철학자의 문장처럼 생각할 수 없는 것은, 상상할 수 없는 것은, 말할 수도 없지요. 저절로 켜지는 당신은 나의 생각이며 상상이지요.

딱 한 줄. 나머지는 모두 여백. 가을의 모습이지요. 꼭 가을인 시 앞에서 말이 길어졌네요. 딱 한 줄이 동화의 맨 처음이라면? 앙증맞은 지우개가 달린 부드러운 연필로 이후를 적어보기로 해요.

슬픔이 하는 일

이영광

울음은 "몸이 끓인 불"이에요. 울음이 내는 소리를 울음이 담긴 몸이 들어요. 몸은 점점 더 뜨거워지고 몸이 끓인 불을 식히느라 울음은 또 계속 나오지요.

슬픔은 무엇인가요? 안쪽으로부터의 통증. 먼 곳에서부터 스며든 습기. 젖고 난 뒤 시들 때까지 습기를 놓치지 않는 것. 날뛰는 분노를 이기는 힘.

울음이 슬픔의 목을 꽉 눌러 터뜨렸다면 울음은 사라졌을 거예요. 울음이 덮치기 직전 슬픔은 빠져나가요. 슬픔은 도적이에요. 모르게 오고 모르게 가요. 아니 간 줄 알았는데 계속 있어요. 깨질 듯 오래 웃고 난 다음에. 자신을 까맣게 잊은 줄도 모르고 있던 황혼에. 내 일이 아니라고 생각하는 곳에. 슬픔은 눈에 비친 것보다 늘 가까이 있어요.

슬픔이 겨우 하는 일은 울음에서 소리를 훔쳐내는 일. 세상에서 제일 슬픈 형상, 소리도 낼 수 없는 울음이 있을 때, 그 소리는 슬픔이 가지고 있지요. 몸이 끓는 소리를 슬픔이 훔쳐 울음은 계속되지요.

　내 눈에 비친 것은 내가 들여다보는 거울이에
요. 그러니 내 다른 얼굴인 줄 모르고 그렇게 모
질게 하지 말아요. 서로서로는 울음과 슬픔처
럼, 눈에 비친 것보다 더 가까이 있어요.

그
사
이
에

문
태
준

"다시 만나요". 이 인사 좋아합니다. 간결한 목례 같은 이 건넴 속에는 애틋함, 천진함, 그리고 선명함이 들어 있어요. 다시 만나요. 이 인사를 건네본 이들 있어요. 감꽃이 피고 지는 그 사이에 무슨 일이 있을 것 같은 이에게, 꼭 다시 만나요, 이 인사로 붙잡은 적 있어요. 봄이 돌아오면 연노랑빛 감꽃과 꼭 닮은 얼굴로 피어나는 아이들에게 이 인사해요.

떨어진 감꽃을 모아 만들 수도 있지만, 이 시에는 감나무 감꽃 목걸이 나란히 흔들려요. "감나무 감꽃 목걸이가 다 마르려면/ 오늘의 초저녁 이틀 나흘 닷새 아니면 열흘 아니면 석 달 아니면 네 철", 아니면, 아니면, 누른 건반은 튀어오르는 건반, 지는 감꽃은 피어나는 감꽃. 감꽃 목걸이는 계속 돌아오는 시간. 이제 그만, 이 말은 생각나지 않는 생생한 시간. 우리, 둥근 발음이 모이는 시간.

암벽에 새겨지는 마음처럼, 겹이었다가 투명이 되는 물의 결처럼 절묘한 마지막 두 행을 자꾸 읽어봐요. 하나의 물결이 우리를 손으로 어루만지더라도. 우리는 누구나 하나의 물결로 돌아가는 지점을 갖고 있을지라도, 이렇게 읽어볼 때, 불가능을 담보한 '도'라는 조사는 닫힘이어야 하는데, 이상하게 열려요. 물결이 건네는 말, 우리에게는 인사할 수 있는 손이 생겨요.

"암벽에 새긴 마애불이 모두 닳아 없어지더라도". 닳아 없어지는 마애불은 암벽으로 돌아가는 마애불이지요. 비로소 완벽한 마애불이 되는 중이지요. 어루만지더라도, 없어지더라도, 이 시간 다음에, 다시 만나요, 이어 써보는 중이에요. 다시 돌아온 사월, 물결의 글씨로, 암벽의 글씨로, 연노랑빛 인사해요. 다시 만나요.

도토리는 싸가지가 없다

장철문

도토리로 말씀드릴 것 같으면 버릴 게 없지요. 귀엽기로 따지면 생김새나 이름이나 따라올 것 없지요. 야무져서 장난감이나 염주를 만들 때 뽑혀가지요. 속은 또 어떤가요. 열거하기에도 입이 아플 정도로 몸에 좋다지요.

그렇게 타고났으니 하는 것도 당차지요. 나무 말은 귓등으로도 듣지 않고 숲을 벗어나 행길로 남의 아비 손으로 아이의 손으로 옮겨 다니지요. 거기서 멈추면 진정한 도토리가 아니지요. 한밤중 방바닥에 덩그러니 놓여서도 기어이 숲이 아닌 이곳도 재밌다는 표정을 완성하지요. 싸가지가 없다고요? 원래부터 생겨먹은 게 이런 걸 어떡하나요. 에고 저걸, 도로 집어넣고 싶은 나무와 건넛산으로 날고 싶은 도토리의 밀당, 부모자식 간 사정은 인간이나 도토리나 마찬가지니 우리도 딱히 할 말은 없네요.

도토리는 『향약구급방』에 '저의율猪矣栗', 즉 돼지의 밤(돼지가 즐겨먹는 밤)이라는 낱말로 처음 등장하지요. 실제로 멧돼지는 다람쥐만큼 도토리를 좋아한다고 해요. 북한산 아래 살던 작년

128

겨울에도 멧돼지들이 사람 동네까지 내려오는 일이 있었지요. 어미 멧돼지가 아기 다섯과 함께 먹이를 구하러 내려왔는데 어미 멧돼지는 사살됐어요. 그다음 날 엄마와 왔던 길을 똑같이 가보는 아기 멧돼지들을 보았다고 해요.

사람 동네까지 내려오는 멧돼지들을 탓하기 전에, 산에 가시는 분들, 도토리 싹싹 주워오지 마시길! 그들의 식량이에요.

무제

전봉건

제목 없음을 제목으로 달았어요. 제목을 달기
어려웠다, 제목을 달고 싶지 않았다, 여러 이유
를 생각해볼 수 있지요.

자유의 상징인 새를 두고도 구원의 상징인 하
늘을 두고도 시가 되지 않았어요. 새가 아닌, 하
늘이 아닌 시를 땅에 묻었어요. 새가, 하늘이 안
보이는 것은 시 때문이라는 것을 시인은 알고
있는 것이지요.

"아니 되는 시를 땅에 묻"는 심정. 전적으로
텅 빈 눈과 손이 되어가요. 텅 빈 몸이 되어가요.
시를 못 가진, 안 가진 시인이 되어가요. 즉 아무
것도 없는 시인이 되어가요. 아니 되는 삶을 땅에
묻는 심정이 되면, 삶을 못 가진 사람이 되는 것
이지요.

그런데 텅 빈 눈으로 보니 비로소 보여요. 하
늘과 새가 말입니다. 그동안 시가 눈에 꽉 차 있
던 것이지요. 그러니 시가 세계를 가리고 있던
것이지요.

날개를 가진 것들은 하늘을 떠날 수 없으므
로, 새의 무덤은 하늘이지요. 새의 숙명이에요.

묻힐 수 없는 것들의 죽음을 덮어주며 빛은 비로소 빛이 돼요. 빛이 할 역할이지요.

저는 아직까지 시에 무제라는 제목을 달 용기를 내보지 못했어요. 이제 조금씩 오늘에, 삶에, 나에, 무제를 자꾸 붙여보려고 해요. 그러다 보면 시에 무제라는 제목을 달 수 있을 거라 믿으면서요. "이름 붙일 수 없는 것", 시선이 열리는 처음일 거예요.

만약이라는 약

오은

이 시를 읽고 "만약"의 목록을 써보았어요. 만약의 목록은 내내 과거로 향했지요. 생각했던 것보다 적었어요. 쓸수록 나를 난처하게 했던 것에서 너를 난처하게 했던 것으로 이동했어요. 되돌아가도 같은 선택을 하겠구나, 하는 것도 여럿이었지요. 봉인된 기억인 '돌이킬 수 없는 한 순간'은 가까이 가기도 전에 피했지요. 만약을 붙일 수조차 없는 곳을 누구나 묻어두고 있지요.

침묵과 그림책과 아침은 현명한 시간을 가리키지요. 새벽이 아침의 방향이라는 것을 경험하지 못했다면, 랩처럼 덮인 어둠이 출렁이는 새벽은 혼돈이에요. "어젯밤에 이 책을 읽지 않았더라면"과 '내 옆에 가만히 엎드려 있는 읽다 만 책을 보게 되는 아침', 만약은 되돌아갈 수 없는 되돌아감과 아직 도착하지 않아 끝내 도착하지 않을 수도 있는 막막함, 양쪽의 선택 지점에 서게 하지요.

만약은 방향 표지판 같은 단어 아닐까요? 과거보다 미래에 어울리죠. 오지 않은 시간에 먼저 가보는 것이죠. 보고 싶지 않은 미래에 만약이라는 단어를 붙여보면, 지금 어떤 능동성을 발휘해야 하는지를 알게 되지요. 이럴 때 만약萬若의 목록은 만약萬藥이 되지요.

작은 상자

바스코 포파

작은 상자는 "좁은 넓이와 작은 공허"를 갖고 있습니다. 그리고 놀랍게도 아니 당연하게도 그 밖에 모든 것을 갖고 있습니다. 작은 상자에도 있을 것은 다 있습니다. 더욱 작은 상자여서 "젖니"가 있어 무럭무럭 자라납니다. 커지고 커지고 더 커진 상자는 어린 시절을 기억해냈습니다. 애타게 고대한 끝에 다시 작은 상자가 되었습니다. 가장 큰 세계인 작은 상자를 따라 그 안 세계도 도시도 방도 벽장도 줄어들었습니다.

작은 상자를 주머니에 넣으면 전 세계와 함께 다니게 되고, 슬그머니 잃어버리면 전 세계를 잃어버리게 되는 것이고, 훔치면 내 것이 되니 전 세계를 책임져야 하는 아이러니가 발생합니다.

바스코 포파는 유고슬라비아를 대표하는 시인입니다. 신화와 전통을 바탕으로 한 시를 썼습니다. 「작은 상자의 적들」「작은 상자의 피해자들」「작은 상자에 관한 마지막 소식」 등, 여러 편의 연작이 있습니다.

'작은 상자'를 '추호秋毫'로 바꿔 읽어볼 수도 있겠습니다. "이 세상에 가을 짐승의 털끝보다 큰 것은 없다"는 장자의 구절 말입니다. 줄여도 줄여도 없어지지 않는 추호가 작은 상자입니다. 결정적이고 은밀한 것이 내재되어 있다는 면에서, 작은 상자는 위험하고 위협적이기도 합니다. 작은 상자를 조심하라. '추호도 없다'는 다른 상자를 주시하라. 이렇게 생각해볼 수도 있습니다.

낙
타

제임스 테이트

　'현실'과 '초현실'은 인간이 인간 스스로를 지키는 개념이라고도 할 수 있지요. 이건 초현실인데, 하고 말하는 시간들이 있지요. 믿기 어렵다, 놀랍다가 포함된 이 표현에는 현실에 들어와서는 안 되는, 얼른 현실에서 제거되어야 하는 장면이라는 내포가 있는 것이지요. 즉 스스로를 보호하기 위해 세우는 심리적 방어벽 같은 것이지요.

　타는 것은 꿈꿔본 적도 없는 낙타 위에서 장총까지 흔들고 있어요. 돋보기로 살펴보아도 분명 내가 맞으니 부정할 수가 없지요. 이때 내가 선택할 수 있는 단 한 가지는 사진에서 눈을 떼지 않는 것. 피하지 않고 계속 사진을 들여다볼 때 알게 되는 것이 있었지요. 성스러운 전쟁이라는 명명은 내 눈 속의 광포함으로 가능해진다는 것을요. 죽음에 대한 공포도 없는 초현실적인 상황은 현실의 신념에서 비롯된다는 것을요. 현실의 신념은 그렇게 무섭기도 하고 하나뿐인 나를 잊을 정도로 완강한 것이기도 하지요.

　제임스 테이트는 현실과 초현실을 오가는 구

조로 시를 썼다고 해요. 호기심을 갖게 하고 서사를 따라가는 묘미가 있어요. 위트와 아이러니를 장착하고 있어 곱씹어 읽게 하고 이면으로 들어가보게 하지요. 이 시도 예외가 아니지요. "나는 아내와 아이들에게 이 사진을 감춰야 한다. 그들은 진짜 내가 누구인지 알면 안 된다. 나도 알면 안 된다." 마지막 부분을 여러 번 읽으면 위트였다가 부정이었다가 공포였다가 사실이었다가 내 눈 속의 광포함과의 마주 섬이지요.

현실의 이면을 낱낱이 보는 사회가, 자기 눈 속의 괴물을 보는 인간이 사막에 들어가게 되고 성스러운 싸움도 마다하지 않게 되지요. "나도 알면 안 된다"를 아는 '존재'가 존재해요. 나도 알면 안 되는 모든 것을 낙타는 알고 있어요!

의상

이장욱

『별주부전』에 등장하는 토끼 이야기. "진심과 가면"을 구별할 줄 알았던 바로 그 토끼죠. 인간만이 시도하는 인위적인 반복, 옷에 관한 이야기. 어쩌면 이야기가 끝난 뒤, 간을 꺼내 해변의 바위에 널어 말린 다음 지상으로 돌아왔을지도 모르는, 인간보다 나은 그 토끼일지도 모르는 의상 이야기.

의상은 입는 사람의 시간과 공간이 개입되는 곳이죠. 벗고 싶은 옷일 때는 허물이 되고, 입고 싶은 옷일 때는 피부가 되지요. 분명한 것은 허물이든 피부든 그것이 '나'라는 사실이지요. 겉과 속, 현실과 꿈, 현상과 본질의 구분을 시도하려는 '나'를, 놀란 새처럼 느낄 수 있어야, '옷을 입는다'는 행위가 동물과 구분되겠다는 인간의 선언임을 잊지 않고 있는 것이죠. 속까지는 위장하지 않으려고 "온몸이 다 삭아지고 녹아지고 지워질 때까지/ 그것이 되어가는" 되새김질을 멈추지 않는 것이죠. 별주부를 만나기 위해 "택시를 타고 지하철을 타고/ 바다에 뛰어드는 것이"죠.

제발 자라를 보자는 이야기. "당신은 임무가 있다"는 말을 건네는 자라를 만나자는 이야기. "너무 오래 살아온 자라"의 말에 귀 기울이자는 이야기. 깊고 깊은 두근거림을 느낄 때 나는 여전히 의상을 걸치고 있구나, 제발 기억하자는 이야기. '한 벌의 옷을 사는 것은 인생을' 사는 것인지도 몰라요. "다른 사람을 구입한 것"은 아닌지, "새로 짠 관에 누운 것인지", 거두절미, 당장, 거울 앞에 서자는 것이죠.

그물자리는 남반구 하늘의 작은 별자리의 하나로, 우리나라에서는 볼 수 없다지요. 테이블산자리는 '팔분의자리'를 제외하면 하늘의 남극에 가장 가까운 별자리라 하지요. 컵자리는 술잔자리라고도 하는데, 컵자리 SZ는 태양으로부터 44광년, 컵자리 Y는 84광년 떨어져 있다 하지요.

별자리에서 "별들을 풀어"주려면 제일 먼저 무엇부터 해야 할까, 생각하다 낯선 별자리를 찾아봤어요. 멀리서 보면 별은 막연한 상징 속에 있지만 가까이 가면 당연히 과학이지요. 시인과 과학자는 비슷한 부류지요. 추상 속에서 구상을 발견하고 획득하지요. 시인은 그래서 이 시를 쓰기까지 여러 날 분주했을 거예요. 이웃 별자리 '육분의자리', 가늠해보는 빛의 속도, 이런 순간순간이 한 언어로 묶었던 별자리에서 반짝반짝 별이 조금씩 풀려나던 때.

하늘이 별의 바닥이듯, 그물에 걸려 테이블과 컵이 있는 식당으로 온 넙치에게는 수족관 바닥이 하늘이겠지요. 자라면서 오른쪽에 있던 눈이 왼쪽으로 이동하는 넙치에게는, 수족관 바닥에서도 빛을 꺼뜨리지 않는 두 눈이 별이겠지요. 그러니까 멀다 말고, 아득하다 말고, 눈앞의 수족관 넙치와 컵자리의 84광년을 오가보기로 해요. 무한할 만큼 멀리 떨어져 있는 것이, 함께 움직이는 것이 리듬이니까요. 넙치는 아직도 두 별을 부릅뜨고 있으니까요.

좁은 문

장승리

　"천국에서는 오른쪽으로만 걷는대// 왜// 왼쪽이 없"기 때문이라네요. 그렇다면 완벽이라고 부르는 상태는 결핍일 수도 있겠네요.

　"완벽하니까"에는 "완벽해야만 하니까"의 절대성이 개입되어 있는 셈이지요. "네가 없으니까" 뒤의 "왜"를 징검돌로 밟으면, '네가 없으니까 천국이 아니니까'로 이어지지요. "네가 없으니까" 앞의 "왜"를 징검돌로 밟으면, '네가 없으니까 완벽해야만 하니까'가 되지요. 완벽해야만 한다는 당위를 만드는 절박함은 왼쪽을 없애는 방식으로 부재의 자리를 복원하지요. 그러나 오른쪽밖에 없는 천국은 다시 천국이 아니게 되지요. 고통을 인위적으로 멈춘 "완벽하니까"의 장소, 한쪽으로만 걸을 수 있는 경직된 곳을 천국이라고 부를 수는 없으니까요. 완벽을 위한 제거는 천국에 어울리지 않으니까요.

　이 시를 읽다 보면, 일정한 간격에서 징검돌로 나타나는 '왜'라는 외마디를 열쇠, 아니 부메랑으로 품고 다니고 싶어져요. 좁은 문 부근이라 감각될 때, '왜'를 꺼내 던지면, 너머와 너머의 '왜'를 보여줄 것 같아요. 거기가 돌아온 부메랑이든 사라진 부메랑이든, 유지 아니고 역전의 장소일 것 같아요.

'왜'를 앞뒤의 인과로 읽어도 잘 맞물리는 시인데요. 자연스럽게 그리 읽고 있기도 한데요. 그리 읽으면서도 그리 안 읽고 싶어져요. '왜'는 다만, 오로지, 이후로 던지는 물음이니까요. 그러니까 이 시도 '왜' 이전으로 돌아가는, 소급이 어울리지 않지요. 설령 이 시의 마지막에 '왜'를 붙여보면, 천국이니까라는 문장이 쓰인다 해도, 맨 처음과 같은 천국은 아니지요. '왜'는 도돌이표 아니고 우주를 향한 던짐이지요. 이 시의 관점은 '선'이 아니라 '점'이에요. 이 흩어짐, 이 단호한 절절함이 좋아요.

달
이
불

윤병무

오늘도 달빛 덮고 잠들어요. 오늘은 반만 덮어요. 반달이거든요. 달도 오늘은 반만 덮고 잠들어요. 보이지 않는 반은 잠들지 않는 나의 반이 덮어주고 있거든요. 오늘은 반달이라면, 나도 반만 잠드는 날, 달도 반만 잠드는 날, 그러니까 달과 나는 반반 이불을 덮고 지내는 사이. 나의 반은 달빛을 덮고 자고 나의 반은 반달을 덮어주고, 이런 모양이죠.

반만 잠든다는 것. 반만 덮어준다는 것. 복잡함을 지난 정확함이지요. 복잡함과 정확함의 공통점은 자세해진다는 것이지요. 둘의 차이는 핵심만 남겼느냐 아니냐에 있지요. 분명 회로가 들어 있는데, 엉킨 그 외의 것들이 많아, 회로를 찾을 수 없는 상태가 복잡함이지요. 엉킨 것들을 걷어내 회로가 잘 보이는 상태로 만드는 것이 정확함이지요. 복잡함을 지나야 정확함을 만날 수 있는데, 우리는 흔히 복잡함을 그만 멈추라는 신호로 받아들이지요. 그러면 내내 복잡함 속인데 말이죠. 이럴 때는 멈추는 대신, 수풀을 헤치듯, 정확하지 않은 것들을 하나하나 대면해

144

봐요. 그러다 보면 어느새 정확함이거든요.

가을은 까슬한 감촉의 계절이지요. 공기와 물기가 반, 바스락거림이 반인 그런 빛과 색을 보는 시간이지요. 새순, 뜨거운 태양, 열매를 지난 곳이어서 가을빛 속에 서면 기도의 자세가 되는지도 모르겠어요. 복잡함을 지나 다다른 정확함. 복잡해? 스스로에게 물어 '응'이라는 대답을 하면 정확의 방향으로 걸어가야 할 때. 그래야 반만 잠들어도 생생한 잠이고 반만 덮어줘도 은은한 이불이 되어줄 수 있으니까요.

한 줄 한 줄 더해서 모두 네 줄, 한 행이 한 연인 시, 피아노 연주로 치면 여백이 아름다운 곡. 첫 번째 행에 -도, 두 번째 행에 -은, 세 번째 행에, -도, -은, 네 번째 행에 - 도, -만. 조사가 정확한 이 시를 읽고 나면, 반달이 뜨면 우선 반만 잘게요. 반은 반달 덮어주러 갈게요.

4

지금은 백야

네가 답장할 수 없는 곳에서 편지가 오리라

네가 이미 거기 있다고
네가 이미 너를 떠났다고

—김혜순, 「백야 닷새」 중에서

백야 닷새

김혜순

　김혜순 시인은 2016년 두 권의 시집을 냈습니다. 『피어라 돼지』(문학과지성사)와 『죽음의 자서전』(문학실험실)입니다. 대속代贖의 앓음이 두 시집을 관통하고 있습니다. 이곳에 있는 고통을 모두 모으고 고통의 만찬을 준비하고 그것을 꼭꼭 씹어 삼킵니다. 1980년대를 언어로 지나온 시인이기에 가능한 시편입니다.

　이 시가 들어 있는 『죽음의 자서전』은, 죽은 이의 머리맡에서 읽어주면 영원히 자유로워진다는 『티베트 사자의 서』처럼, '서울 사자의 서'입니다. 그러나 시인은 "칠칠은 사십구라고 무심하게 외워지는 것처럼, 구구단을 외우고 나면 아무것도 남지 않는 것처럼 이 시를 쓰고 난 다음 아무것도 남지 않기를 바랐다"(시인의 말)고 적고 있습니다. 시인은 증언자입니다. 덧붙이지 않는, 덧붙일 수 없는 것이 시와 죽음이라는 것.

　죽음이 쓴 자서전. 죽음을 목격한 이가 죽은 이의 죽음에게 입을 빌려주는 시편이며, 죽은 내가 죽을 내게 보내는 편지입니다. 답장할 수 없는 곳, 어제도 내일도 없는 곳, 한 번도 어둠을 맞아본 적 없는 그곳에서 온 편지입니다.

　하루에서 마흔아흐레까지, "이 시집(49편의 시)을 한 편의 시로 읽어줬으면 좋겠다"(시인의 말)고 했습니다. "찬란한 첫 빛", 그것을 꺼내기 위해 거슬러 올라간 시의 언어가 있습니다. 입으로 소리 내어 읽고 귀로 그 소리를 들어보세요. 출근에서 시작한 하루가 닷새가 되었고 지금은 백야입니다. "밝고 밝은 빛", 둥글고 큰 것에 이르렀습니다.

당신의 정원을 보여주세요

울라브 하우게

노르웨이 피오르에서 기차를 놓친 적이 있어요. 터널 안 사고로 버스는 20여 분을 움직이지 못했고, 역에 도착했을 때는 기차가 떠난 지 10분이 지나 있었어요. 야간 기차를 탈 수밖에 없는 상황이 되었지요. 밤 11시쯤 기차역 밖으로 잠시 나갔을 때 만난 풍경은 언제까지나 잊지 못할 거예요. 겹겹의 푸른빛이 드리운 하늘과 창백하다고 표현할 수 있을 만큼 흰 달! 서늘하게 깊은 느낌이 이런 것이구나, 알게 되었지요.

울라브 하우게는 피오르의 울빅 마을에서 1908년 태어나 1994년까지 살았어요. 1000명 정도의 사람들이 모여 사는 그곳을 한 번도 떠난 적이 없었다지요. '어떤 병증도 없이 단지 열흘 동안 먹지 않는 옛날 방식'으로 숨을 거두었다고 하지요. 원예학교에서 공부하고 과수원 농부로 평생 일하면서 시를 썼어요. 그의 시는 피오르에서 만났던 백야의 푸른빛 속 형형했던 달빛과 꼭 닮아 있어요.

"다만 대낮에 당신의 정원을 보여"달라는 주문은 당신이 가꾸는 평소의 뜰을 보여달라는 것이지요. 당신의 자연스러운 상태를 보여달라는 것이지요. 자연스러움은 꾸미지 않은 상태, 즉 굳이 애쓰지 않아도 이미 그의 모습이지요. 자연스러운 자세는 굳어 있지 않은 유연함이지요.

환한 대낮에 자신의 뜰을, 자신의 민낯을 보여줄 수 있다면 호밀을 밟지도 않으며 경비견도 굳은 주먹도 가져오지 않을 사람이지요. "새가 호수에서 물방울을 가져오듯/ 바람이 소금 한 톨을 가져오듯"(「진리를 가져오지 마세요」), 이러한 경이로움으로 세상이 만들어진다는 것을 아는 사람일 테니까요.

끈

다니카와 슌타로

며칠 전 끈을 정리했어요. 책상 정중앙에 있는 서랍에 좋아하는 것들을 넣어두는데 제일 많은 것은 끈이에요. 재질도 색상도 다른 끈들을 쳐다보는 것만으로도 두근거리는데, 실제로는 선물 포장할 때 제일 많이 써요. 묶었다 풀었다 하는데 꽤 오랜 시간이 걸릴 때도 있어요. 마음에 드는 묶기가 만들어질 때까지 계속하거든요. 어디까지나 제 관점에서, 받을 사람의 느낌에 가까워질 때까지 거듭하거든요. 하나의 긴 끈에서 잘라 쓴, 잘린 그 끈에서 또 잘린 여러 길이의 끈들을 한 손에 간추려보았어요. 고단하거나 어긋났다고 멈춘 순간들도 있었지만, 건네고 싶은 '꿈틀꿈틀 마음'이 있었구나, 확인했어요.

끈은 끝단만 있어서 어느 모양도 품을 수 있지요. 끈은 '칭칭'에도 관여하지만 '스르르'에도 관여하지요. 연애편지는 칭칭과 스르르 사이로 묶어야 하는데, 쏠리는 마음은 칭칭에 가까워지지요. 그래서 태워지고 마는 것이 연애편지이고, 묶었던 자리가 유독 표시가 나는 것이 연애편지를 묶었던 끈이지만, 끈의 입장에서 보면 자신의 쓰임에 최선을 다한 것이지요. 맬 것도 묶을 것도 없게 된 끈은 비로소 자신을 잊을 수 있는 타이밍을 만나게 되는 것이지요.

자신을 잊으면 다른 무엇이 될 수 있는 시간이 열리지요. 온몸을 접촉한다는 면에서 뱀과 끈은 닮은 원형이지요. 끝단만 있는 끈은 머리와 꼬리가 달린 뱀이 되고 싶지요. 나아감이지요. 나아감은 꼬리가 돌아가자는 말을 꺼낼 때까지 오를 수 있는 언덕과 바라볼 수 있는 먼 바다의 나타남이지요.

끈은 '나 잊기'였나 봐요. '다른 무엇이 되는 시도'였나 봐요. 그래서 저도 끈을 좋아하나 봐요. 이 시를 읽으며 새해에는 끈 하나를 묶는 데 더 오랜 시간을 써도 좋겠다는 당위를 얻었어요. 제 방식의 칭칭과 스르르 사이의 묶고 풀기를 발명해야겠어요. 문득 이유 없이 서랍을 열고 싶어지는 순간이 오면 '꿈틀꿈틀의 마음'이 작동되고 있나, 그것부터 확인해봐야겠어요. 리본체조 선수처럼, 어느 날인가는 먼바다가 보이는 '끈의 언덕'에 올라가보고 싶거든요.

곰을 찾아서

안현미

두 번이 아니고 두 개의 가을, 한 번이 아니고 한 개의 여름, 그리고 여덟 개의 아침이라고 부르는 나는 누구일까요? '두 마리의 토끼와 한 그루의 미루나무를 만나 마음껏 부풀어 올랐'던 나는 무엇일까요? 비밀과 아름다움에 비춰보느라 무서웠고 황홀했던 나는 누구일까요? 지혜로운 돌이 '시작합시다'라는 말을 걸었다고 믿는 나는 무엇일까요?

어쩌면 나는 진심으로 지혜로운 한 마리의 곰이 되고 싶었던 존재. "시작합시다!" 이 "침묵의 언어"가 드디어 떠납시다. 진정으로 다시 떠납시다와 같은 뜻이었다는 것을 알게 된 존재. 지혜의 말을 알아듣게 된 순간 우주로 날아가는 케이크 꽃이 되었다가 부서져 내린 제로.

나는 이제 나를 만날 수 없습니다. 나는 지나온 것들과 함께 지나갔으니까요. 가을을 여름을 아침을 지나온 나는 겨울 그리고 밤 쪽으로 가고 있을 거라고 짐작을 할 뿐이지요. 그런데 어둑해지는 깊은 산속. 펑펑 내리는 눈 사이로 언뜻 보이는 형체. 한 개의 거울을 새빨간 열매처

155

럼 바라보고 있는 형체. 지혜로운 곰입니까?

지혜까지는 모르겠고 곰을 지나온 곰입니다.
제로, 비로소 시작합시다! 침묵의 언어로 말 거
는 곰입니다.

"정진하기를 바란다". 이 말을 건넬 수 있으려면 연배 차이가 있는 사이지요. "정지하기를 바란다". 두근거리는 마음으로 시집을 보낸 존경하는 시인에게 이 메시지를 받았다고 생각해봐요. 그 뜻 그대로 정지했을 거예요. 내 시에 문제가 있구나, 순간적으로 그렇게 받아들일 수 있는 글자지요.

불가에서는 하안거, 동안거가 있지요. 좌선坐禪이라는 정지를 통해 정진하는 것이지요. 용맹정진하는 것이지요. 움직임만큼 정지도 어렵지요. 물론 능동적 정지일 때 말이지요. 스스로 멈춤의 상태에 들어가는 것. 그리고 그 상태를 놓치지 않고 내내 유지하는 것.

정진과 정지 사이. 무엇이 있을까요. 틈이 있을까요. 겹침일까요. 정지는 움직임 직전이지요. 도약을 품고 있지요. 정진은 능동적 정지의 연속이지요. 고도의 집중력이 있어야 하지요. 능동적 정지에는 멀리뛰기 장대가 늘 함께하지요. 표면적으로는 ㄴ자가 부족한 것이지만, 멀리뛰기 장대가 함께여서, 장대는 위를 너머를 가리키고 있어서, 신이 되지 못한 시는 팽팽하게 시가 되지요.

정지하기를 바란다. 이 문자를 받았다면 즉각적으로는 멈췄을 것이고, 들여다볼수록 강력한 글자가 될 거예요. ㄴ이 빠져 온 글자라는 가늠을 해볼 수 있더라도, 한겨울 눈사람처럼 정신이 번쩍 들 거예요. 글자를 놓치고 싶어요.

나평강 약전略傳

나희덕

횡단보도에 나란히 선 두 사람의 발처럼, 올해도 꼭 나흘이 남았네요. 한 해를 정리하다 보니, 올해 나는 주위에 어떤 사람이었나, 자꾸 자문하게 되네요.

한 사람의 생애를 간략하게 적은 것이 약전略傳이지요. 내밀한 부분까지 함께 겪은 가까운 사람만이 쓸 수 있고, 그래서 몇몇 문장으로 한 사람을 가감 없이 알게 되는 것이 약전이지요. '그'라고 불리는 이 사람을 볼까요. 이 사람은 언덕의 풀처럼 자연스럽고 조용조용하고 다감했을 것 같아요. 높은 이상을 가졌고, 연하고 섬세한 사람이었을 것 같아요. 갓 난 달걀과 마악 짜낸 염소젖이 생전에 그가 식구들에게 건네준 전부였다지요. 이 사람이 나평강 씨라지요.

얼마간의 수채화 같은, 얼핏얼핏 현실의 균열이 보이는 듯도 한 이 시를 읽고, 이름도 시적인 나평강 씨는 누구인가, 궁금해졌지요. 그래서 찾아보았지요. 1960년대 신앙 공동체에서 한 여자와 한 남자가 만났다고, 여자는 보육원 고아들을 돌보고 남편은 닭을 키우며 글을 썼다고,

둘 사이에 난 아기는 얼룩염소의 젖을 먹고 자
랐는데, 그 아기가 바로 이 시를 쓴 시인이었다
고, 어느 글에 나희덕 시인이 밝히고 있네요. 과
거형 어미, 3인칭의 시가, 마지막 행에 와서 현
재형 어미, 1인칭으로 바뀌는 이유를 알게 되는
순간이었지요.

아버지가 건넨 온기로 딸은 시를 쓰는 사람이
되어 아버지의 약전을 썼네요. "그보다 따뜻한
것을 알지 못한다". 이런 한 줄로 기억되는 사람
이면 좋겠어요. "갓 난 달걀과/ 마악 짜낸 염소
젖"…… 뜨겁지 않은, 자연스러운 온기를 소중
하게 건네는 사람. 새해에는 이런 손을 닮아가
면 좋겠어요.

국수

이근화

국수라는 발음은 국수와 꼭 닮았지요. 둥글게 시작해서 부드러운 목 넘김으로 끝나지요. 가장 무미한 면이기에 영혼이라는 말을 반찬 삼을 수 있지요. 영혼이 스며들 공간이 마련되어 있는 셈이니까요. '마지막 식사'의 서늘함과 간결함이 깃든 음식, 한 그릇 국수지요.

스웨덴 사람들이 가장 많이 쓰는 말에 '라곰'이 있다 하지요. '라고메트Lagomet', 즉 균형, 평형의 뜻을 가진 명사형에서 파생된 단어지요. 균형, 평형은 적정함이지요. 평등으로 확장되지요. 넘치지 않음이 중요해서 무형의 감정도, 선한 뜻도 계량해보는 것이지요. '내 방의 크기는 나에게 딱 라곰해'라고 말하는 스웨덴 사람들처럼, '국수는 오늘 기분에 딱 라곰해'이지요.

풀기 어려운 문제를 만났을 때. 준비가 되지 않아 "퉁퉁 부은 눈두덩 부르튼 입술"로 맞게 되는 소나기의 시간이지요. 우선 국숫집에 들어갈 일이에요. 찬 국수와 더운 국수 중 '라곰한' 한 그릇과 마주 앉아요. 국수가 좋다, 손으로 둥글게 국수 한 그릇을 감싸보고, 국수를 고백한

다, 빙빙 돌려가며 먹을 일이에요. 문제를 푸는
처음은 "뜨거운 것을 뜨거운 대로/ 찬 것을 찬
대로"의 라곰에서부터. "소주를 곁들일까"는
그다음 단계지요.

다음에

박소란

'다음'은 이후의 시간이지요. '다음에'는 당신과 나 사이에 만들어놓는 시공간이어서, 당신과 나보다 먼저 가 있는 당신과 나이지요.

택시를 타고 가는 중이었어요. 세상은 어둑해지는 저녁이었어요. 당신은 내게 다음에, 라고 하였지요. 다음에는 꼭, 이라고도 말하였지요. 하필 백반집을 지나갈 때였지요. 기교 없는 흰밥과 끼었으면 밥이 술술 넘어가는 청국장. 화려한 반찬이 없어도 마주 앉은 당신이 있어 숟가락과 입과 웃음이 동그랗게 일치할 순간이 들어 있는. 그래서 "다음에, 라고 당신이 말할 때 바로 그 다음이/ 나를 먹이고 달랬지"요.

다음에는 꼭. 이런 기약 속에는 미안함이 들어 있지요. 못 지킬 수도 있다는 것을 이미 알고 있지만 꼭 지키고 싶다는 간절함이 들어 있기도 하지요. 당신과 나의 다음은 오지 않고 있어도, 다음에는 꼭, 이라는 말을 놓고 간 당신의 심정을 알기도 하겠기에, 나는 엉거주춤 낮고 낮은 밥상을 차리는 반복을 하지요. 내가 헤매고 있는 곳은 엉금엉금 푸성귀 돋아나는 길이지요.

163

어긋났다고 해도, 다음에는 꼭, 이라고 말하기로 해요. 오늘 만나고 싶은 사람은 다음에도 만나고 싶은 사람이잖아요. 오늘 만나고 싶은데 못 만나는 순간은 다음에는 꼭 만나고 싶은 순간이잖아요. 어쩌면 가장 멋진 인간의 발명인 한 해. 그 끝자락에서, 다음에, 다음에는 꼭, 이라고 걸어두기로 해요. 트리의 꼭대기에서 빛나는, 찔리는 사방을 가지고 있어 별이라고 불리는 그것처럼. 당신 애썼어요. 전하지 못한 한마디처럼.

래여애반다라來如哀反多羅, 신라 향가인 「풍요
(風謠, 공덕가功德歌)」에 나오는 구절로, 이 여섯 글
자 이두는 "오다 서럽더라"의 뜻이라 하지요.
헤아릴 수 없는 곳에서 헤아림을 거듭하는 시
도, 그것은 "검은 보자기 속 어둠으로 들어가 스
위치를 누르는 사진사처럼 한 순간, 한 순간 불
가능을 기록"(이성복, 「문학, 불가능에 대한 불가능한
사랑」)하는 행위지요.

그러므로 눈 속에는 끓는 납물이 출렁거려도,
한낮 땡볕 아스팔트 위 뿔 없는 소의 시간이 계
속되어도, 걷고 웃음을 만들어낼 수 있지요. 예
정된 실패를 알면서도 너 닮은 구름을 주웠던
까닭은 그토록 너를 만나고 싶은 '헤아릴 수 없
는 곳에서의 헤아림'이지요.

"어디서 헤어져서,/ 어쩔길래 다시 못 만나는
지를", 이 헤아릴 수 없는 곳에서, 오다, 서럽더
라, 그러한 봄입니다. "생각해보라,/ 우리가 어
떤 누구인지,"로 놓이는 다리입니다. 같은 말을
쓴다는 것, 번역하지 않아도 되는 말을 서로 쓴
다는 것. 볼웃음과 미소 사이입니다. "헤아릴 수

없는 곳에서/무엇을 헤아리는지 모르면서", 그러나 헤아릴 수 없는 무엇이 서로에게 놓여 있다는 것. "불어오게 두어라/ 이 바람도,"(「來如哀反多羅 7」). 이렇게 염원하게 되는 까닭이지요.

사려니 숲길

도종환

길이 없으면 걸을 수 없어요. 다른 풍경으로 갈 수 없어요. 멈춤을 안정이라고 착각하고는 해요. 움직일 때 나타나는 것이 시간인데요. 시간을 위해 계속 만들어지는 것이 길일 텐데요.

걷지 않으면 길은 없어요. 걸을 때 길이라고 부르지요. 숲은 나무들의 우주죠. 사람이 숲으로 들어갔을 때, 사람의 다섯 배 열 배 큰 나무들은 제 품을 기꺼이 내주었죠. 그곳을 숲길이라고 부르죠. 나무들은 어미처럼 품어주나 봐요. 마음이 건천이 되었을 때도 용암으로 끓어오를 때도 가고 싶은 길이니까요.

'사려니'는 '신의 영역'이라는 뜻이라지요. 신성이 깃든 깊은 곳이라는 뜻이겠지요. 연약하고 힘없는 것들이 자신의 자리에서 조그맣고 짙은 향기의 종소리를 내게 도와주는 것, 신성은 그런 것이겠지요. 그러니 초록으로 개울로 회복시키고, 단풍과 폭설의 시간을 받아들이게 하겠지요. 우리가 '스스로 그러하다'는 시간이 내장된, 자연임을 다시 깨닫게 하겠지요.

사려니 숲길의 색과 향기, 소리와 서늘함까지

담아냈다면, 깊은 안을 알고 있는 것이지요. 거기까지 닿은 눈이겠지요. 길과 그 길을 걸은 사람이 닮게 되는 것은 당연하지요. 초록으로 돌아오라고 부르는 길이 있다면 우리는 마땅히 희망을 가져야 하지요.

국수

백석

"대대로 나며 죽으며 죽으며 나며 하는 이 마을 사람들의 의젓한 마음을 지나서"오는 것입니다.

산에 있는 새가 계속 내려오고 가난한 어미는 김치를 묻어놓은 움막으로 가는 시절, 곰의 잔등에 업혀 길러졌다는 할머니와 재채기 소리가 산 너머까지 들렸다는 먼 옛적 할아버지처럼 오는 것입니다. 타는 듯한 여름 볕과 구시월 갈바람 속을 지나, 아비 앞에는 큰 사발이 아들 앞에는 작은 사발이 있게 되는 것입니다.

이 조용한 마을 사람들 앞에 국수가 놓여야겠습니다. 쩡하니 찬 겨울밤, 아랫목에 국수가 한 그릇씩 놓여야겠습니다. 고담하고 소박한 국수를 지금부터 준비해야겠습니다.

"아, 이 반가운 것은 무엇인가/ 이 히수무레하고 부드럽고 수수하고 슴슴한 것은 무엇인가". 이 마을은 원래 조용하고 의젓한 사람들이 사는 곳이었습니다.

뺨

이
시
영

뺨. 예쁜 단어예요. 수줍은 단어예요. 비 온 뒤처럼 정갈한 단어예요. 때로는 단호한 단어예요. 뺨, 뒤도 없이 단정함으로 돌아가는 단어예요.

고요한 절집의 앞마당입니다. 누가 깨끗이 쓸어놓은 고요 위로 편지가 도착하였어요. 열어보기 전에 내용을 아는 편지이지요. 늦지도 빠르지도 않게, 서로에게 동시에 열리는 편지이지요. 깨끗이 쓸어놓은 앞마당과 오랫동안 공중을 떠돌던 잎새. 뺨과 뺨에 닿은 손길. 온기지요.

따스함은 밖에 닿아 안을 덥히는 요술이지요. 내가 나를 따스하게 하고 싶으면 내가 내 뺨에 손을 갖다 대야 하지요. 내가 당신을 따스하게 하고 싶으면 앞마당처럼 먼저 나의 뺨을 정갈하게 쓸어놓아야 하지요.

앞마당이 발그스레한 분홍빛이 되었는지, 다시 단정한 낯빛이 되었는지는 모르겠어요. 오랫동안 공중을 떠돌던 잎새가 일생이 담긴 편지였는지 돌아온 연둣빛이었는지도 모르겠어요. 잎새의 뺨일 앞마당은, 앞마당의 뺨일 잎새는, 양쪽 모두로 읽히기 때문이지요. 고요에 이르도록

하늘이 나를 버렸다. 신이 나를 버렸다는 뜻
이지요. 더 이상은 실 한 오라기의 희망도 남아
있지 않다는 말. 한 줄기의 빛도 없다는 말. 암
흑을 의미합니다. 그 어떤 희망도 남아 있지 않
을 때, 완벽한 어둠과 맞바꾸는 유일한 길이 있
지요. 내가 불을 피우는 것, 즉 내가 불이 되는
것입니다.

불도 빛도 밝음 아니던가요. 빛으로 만든 것
은 불이 될 수 있지요. 빛이 나에게 베풀어준 모
든 것을 나는 불에 바칩니다. 그 불은 큰 숲과
작은 숲을 구별하지 않습니다. 새집과 새들. 같
은 문은 열리고 닫히느냐에 따라 자유가 사라지
기도 나타나기도 합니다. 집과 열쇠도 넣었습니
다. 잠긴 곳은 열 수 있는 곳이 반드시 있기 마
련이지요. 꽃과 벌레는 나누어 가진 것이 있기
마련이지요.

불꽃이 파닥거리며 튀는 소리, 불꽃이 타오
르는 열기의 냄새 속에는 구체적인 것은 없습니
다. 불이 피워질수록 나는 완벽한 어둠이 되어
갑니다. 그러나 나에게 베풀어진 빛을 그 불에

바치지 않는다면 하늘이 나를 버리게 하는 것이지요. 나라는 하늘을 내가 버리는 것이지요.

불을 끄는 것은 물인가요? 흐르지 않는 물속에 침몰하는 선박과 같은 나를 보고 있다면, 나는 죽은 사람처럼 물 밖에는 없다면, 그 나, 나, 나들은, 친구가 되기 위한, 겨울밤을 지내기 위한, 보다 더 나은 삶을 위한 불이 되어야 하는 것이지요. 이곳에 살기 위하여. 이보다 더 간절한 이유가 있을까요.

나의 아름다운 세탁소

이은규

오늘은 입동, 겨울의 시작이에요. 겨울과 세탁소는 닮은 이미지예요. "모든 잎이 꽃이 되는 가을은 두 번째 봄"이라는 카뮈의 문장은 덧붙일 수 없는 깨끗함이고, 그 깨끗함에 이어 오는 겨울은 투명이지요. 잃어버림-슬픔-표백-망각을 거치며 오는 겨울은 찬 물기, 눈부신 슬픔이지요. "나의 아름다운 세탁소"도 거기 위치하지요.

"아무래도 고된 날에는/ 일하기 싫어요, 라는 팻말을 걸고 문을 닫아요." 팻말을 걸어야 문을 닫을 수 있어요. 팻말은 문장이 써져야 해요. '일할 수 없어요'가 아니라 '일하기 싫어요'라는 잽을 날릴 수 있는 것은 "문장 덕분"이지요. "때문"은 "먼 구원과 가까운 망각 사이"의 연연이거나 머뭇거림이 포함되기도 하는데, "덕분"은 선명한 선택이지요. 든든하니까, 문장의 힘을 아니까, "모든 기억이 표백되는 겨울은 두 번째 생"이라는 선언을 할 수 있는 것이지요.

계절과 계절 사이 환절기라는 '무명'이 있듯이, 나의 아름다운 세탁소도 거기에 있을지 몰라요. 무명은 끝내 무명일 때 표백될 수 있으니까요. 표백된 슬픔이 모여드는 곳을 나의 아름다운 세탁소라고 부를 수 있는 것은 촉감의 성질까지는 잃어버리지 않은 덕분이지요. 얼룩과 표백 사이, 표백과 투명 사이, 상강과 소설 사이, 오므리는 입술을 닮은 문장. "아무렴요 아무렴요"는 체념 아닌 리듬. 맨 얼굴이 표백으로 다 새어나가지 않게 하는 주문이에요.

천사에게

라이너 마리아 릴케

어릴 때는 천사를 생각하곤 했습니다. 특히 겨울밤 천사를 자주 생각했습니다. 날은 춥고, 빙판이 된 길은 미끄럽고, 그러다 눈발이라도 날리면 세상은 고립된 것 같았지요. 길이 끊어지면 고립되는 것은 다름 아닌 우리들, 사람인데, 그럴 때 천사의 발이 나타나는 것은 아닐까, 얼음보다 더 찬 발을 살그머니 디디며 지상에 오는 것은 아닐까 생각했습니다. 천사를 본 적이 없어 천사가 있다고 믿었습니다.

유리창에 입김을 호 불면 살그머니 그려지는 형상, 두 손을 뻗으면 퍼드덕거리는 허공에 투명한 흔적, 절망도 남아 있지 않은 무릎을 세우고 울 때 가만히 머리를 쓰다듬어주는 손길. 천사가 있다! 천사 몇쯤은 있어야 세상이라 부를 수 있다고 여겼던 듯합니다. 나는 보이지 않는 누군가 나를 돌봐준다고 느껴. 동생이 말할 때 역시 천사가 있다, 또 생각했습니다.

아직도 천사가 있다고 믿고 싶습니다. '악의 평범성'의 세상에서도 우리 머리 위에는 악을 단죄하러 오는 연약함으로 위장한 순수한 천사가 있다고 말입니다. 그러니 "빛을 주오, 빛을 비추어주오!" "가장자리에 놓였으면서도 강하고 조용한 자." 우리들 위의 천사여!

눈이 오지 않는 나라

노향림

아직 눈이 오지 않는 나라는 눈이 오던 나라. 그러므로 곧 눈이 내릴 나라. '곧'이라는 다급한 박동을 믿는 이들이 사는 나라. 눈이 오는 나라는 이내 눈이 오리라는 예감에 휩싸인 나라. 흐려지는 벼랑으로 놓여 있는 나라. 사방의 허공에 깊은 북소리가 차오르는 나라.

아직 눈이 오지 않는 나라는 어둠에서도 꿈을 열어 눈을 기다리는 나라. 스스로 녹아 눈을 만드는 나라. 서로를 사라지지 않게 하며 머리와 머리를 맞댄 눈을 볼 수 있는 나라. 환대와 연대의 나라. 흰. 순결한. 함성의. 백의의 나라.

아직 눈이 오지 않는 나라. 흰 눈을 품은 어둠의 나라. 첫눈은 내일 또는 그다음 날에. 우리가 그토록 기다리다 잠깐 잠든 사이에. 새로운 시간이 열리는 새벽에. "어둠은 빛을 이길 수 없다". 이제 우리가 눈을 뜨면 첫눈. 첫 페이지.

속 깊은 열네 살이었네요. 할머니가 참말로 쓸쓸해 보이던 날에 이렇게 물었으니까요. "언제가 행복했어?" 열네 살이면 중학교에 들어가는 나이. 어린이에서 살짝 벗어나는 나이. 어른의 세계를 알 것도 같은, 일생에서 몇몇 이행기에 속하는 나이.

열네 살에 물었고, 그로부터 50년이 지났으니, 이 시의 화자는 예순네 살이 된 것이지요. 할머니, 엄마, 나, 그런 순서에서 이제 맨 앞, 할머니가 된 나지요. 할머니는 별별 시간을 다 겪어 속이 복잡할 것 같지만 단번에 얘기하는 사람. 마음에 소박한 단란의 풍경을 거느린 사람. 구워주던 떡을 마음의 불씨로 품고 사는 사람.

밝은 눈보라. 할머니가 젊은 엄마였을 때. 화로에는 떡이 구워지고 있고, 화로 주위로는 볼이 빨간 아이들이 앉아 있고, 그 안에는 나의 엄마도 있고. 할머니, 할머니, 깡충깡충 부를 수 있는 이 톤이 다시 떠오른 때는 쌀과 약간의 소금과 약간의 물로만 된 떡의 맛을 알게 된 때. "은근하게 짭조름한", 아무것도 아닌 맛을 알게 된 때.

  이바라기 노리코는 개인에서 세상의 일까지를 쉬운 언어로 녹여낸 시인이지요. 윤동주에 대한 관심에서 한국어를 배우기 시작했고,『한국현대시선』으로 요미우리문학상(번역 부문)을 수상하기도 했지요. 여러 번 읽으며 놀라게 되는 것은, 〈눈이 부시게〉라는 드라마의 김혜자처럼, 이 시에도, 할머니 안에 열네 살이 산다는 것이지요. 이바라기 노리코는 이 시를 예순네 살에 썼는데 말이죠.

전망

피에르 르베르디

며칠 전 저는 짙은 회색의 블라인드가 내려진 곳에 있었어요. 창이 있는 곳이라면 무조건 블라인드부터 올리는데요. 강의를 위해 처음 도착한 곳이었고 처음 보는 분들이 이미 앉아 있는 상태여서 그냥 수업을 시작했어요. 두 시간쯤 지나 쉬는 시간에 어느 분이 벽에 있는 버튼을 누르자 세 폭의 블라인드가 일제히 올라갔어요. 하늘을 향해 오르고 있는 언덕이 있었고 허공 가득 눈이 내리고 있었어요. 그 풍경에 모두 와, 하고 한동안 보았지요. 보이는 너머가 가로막혀 있다는 현실을 잊게 만드는 것. 전망이란 그런 것이지요.

자정은 하루의 끝이지요. 하루가 완성되는 시간인 동시에 새로운 하루가 시작되는 시간이지요. 모퉁이는 한 풍경의 끝인 동시에 한 풍경의 시작을 품고 있지요. 좀처럼 보고 싶은 풍경이 나오지 않을 때, 이제 곧 모퉁이를 돌 거야, 그런 주문을 외우곤 해요. 모퉁이를 돌아 처음 만난 것들은 모두 돌아가고 있는 뒷모습이기도 하지요. 인간이라는 시계도 모두 돌아가고 있는

중이기도 하지요. 내가 보고 있는 머리를 돌리
는 너와 내가 본 그의 얼굴과 그의 손들은 자정
과 자정 사이의 원무圓舞이기도 할 거예요.

　보이지 않는 것들은 보이지 않게 존재하지요.
벽이 지워질 때 머지않아 하늘이 무너질 것이라
는 예감. 전망은 그런 것이지요. 하늘이 무너진
자리에서 새 하늘이 열린다는 것. 아주 작은 것
은 아주 큰 것을 품고 있지요. 간결한 이미지에
깊은 세계를 담고 있는 이 시처럼, 지금은, 마지
막 별이 떠 있어요. "자정"의 우리는 "처음 별처
럼 내일을 생각"하지요.

목도리

신해욱

아직 쌀쌀해도 햇빛이 달라요. 햇빛 속 나무들이 달라요. 연둣빛이 스며 나와요. 오지 않을 듯하던 봄이 왔어요. 봄 맞으세요. 매년 3월이 되면 같은 인사를 하게 돼요.

목도리는 재미있는 어감이지요. '목＋도르(이)', 즉 목의 둘레를 빙 돌게 한다는 뜻에서 비롯됐지요. 스카프는 목을 살짝 감싸는 느낌의 단어인 반면, 목도리는 적극적이고 전면적으로 감싼다는 느낌이지요.

머릿속에서 나쁜 냄새가 났어요. 머릿속 환기는 머릿속에서만 가능하다는 것을 익히 알고 있으므로, 구분되지 않는 주황색과 분홍색, 실과 머리카락으로 목도리를 뜨기 시작했어요. "대나무 바늘, 따뜻한 실, 나의/ 오른손, 왼손이/ 차분하게 움직이는 것을"볼 수 있었죠.

복잡함. 난망難望. 빗방울들이 달라붙으면 생각이 멎었다는 신호죠. '세 단, 일곱 단' 짠 목도리는 온데간데없이 사라져버렸죠. 다시 목도리를 짜기 시작해요. "오른손. 왼손. 오늘도 맑음. 어제도/ 맑음". 이러면서요. 나쁜 냄새를 줄이

는 것은, 좋은 냄새를 원하기 이전에, 나쁜 냄새
를 차분하게 바라보는 것이죠. 목도리 짜는 일
을 계속하면 어느 순간 의젓해지지요. 말끔해지
지요. 봄 햇빛처럼요. 그러나 목도리 짜는 일을
멈출 수는 없어요. 목도리가 길어지는 만큼 목
도 점점 길어지고 있거든요.

밤의 공벌레

이제니

새해를 맞이하면 결심을 하지요. 주로 '올해 이것만은 꼭 실천하자'의 목록이지요. 반복해서 마음먹는 것은 실천이 잘 안 되어왔던 것들이지요. 한 번으로는 안 돼서 기절에 쓸 힘으로 두 번 눈을 깜빡인 것이지요.

이 삶이 시계라면, 시계에 잘 맞추면 되지요. 시계는 정해진 곳에 멈추기의 반복이지요. 시계에 도착하면 잘 살고 있다는 착각이 들지요. 명확하니까요. 흔들리지 않으니까요. 그러나 생물이라는 증거는 움직임이지요. 움직임은 불연속이지요. 정렬을 비집고 나가는 불규칙이지요.

지금이 몇 시일까, 더듬더듬 묻지 않게 되었다면 기능적 시계가 삶의 중심으로 자리 잡았다는 뜻이지요. 시간은 원래 비어 있는 것인데요. 시간 사용법은 우리 자신이 갖고 있는 것인데요. 빠르게 살면 빠르게 가고, 천천히 살면 천천히 가는 것이 시간이지요. 삶에는 아무것도 모르는 아이처럼 얼음을 지치는 순간이 있어야 하지요. 즐거움과 밥맛이 살아나야 '산다'고 할 수 있지요.

"온 힘을 다해 살아내지 않기로 했다." 다시 새해 계획을 적어볼까요? 365일, 매일매일의 어느 부분을 탕진할 수 있지요. 시간은 그러라고 있는 것이기도 하니까요. 어둠까지 껴입은 밤의 공벌레처럼 몸을 안으로 말아 넣어볼까요? 이 자세로 틀린 맞춤법을 꺼내고 부끄러움을 기록해보기 시작할까요? 부끄러움은 지금 나는 몇 시일까, '살아남'의 방향이죠. 피어나는 꽃이죠.

5

새
로
운

중
력

실은

시가

세상일들과

사물과

마음들에

인사를 건네는 것이라면

모든 시는 인사이다.

—정현종, 「인사」 중에서

식당에서 냉잇국을 먹어보고 당장 냉이를 샀어요. 만지작거리다 고른 것은 한 움큼도 아니고 비닐에 들어 있는 세척 냉이예요. 몇 번을 씻어도 검불이 나와요. '사람을 따라다니는 풀'이어서 그런가, 엉뚱하게 갖다 붙이면서 물에 좀 담가놓았어요.

플러스마트 아저씨는 냉이 더미를 놓고 2,960원, 절묘한 나물값을 매길 수 있죠. 냉이를 들고 있는 나에게 굳이 휴대폰 속 냉이를 보여주죠. 이 또한 플러스마트 아저씨답지만, 이런 친절은 오늘의 시가 아니라 내일의 시예요.

집 살림이든 나라 살림이든 지금 여기, 이 삶의 살아 있는 현재성과 구체성에서 비롯된 것, 즉 '오늘의 시'여야 향긋한 제 맛이 날 텐데 말이죠. 봄 내음을 조그만 제 안에 가득 저장하는 냉이처럼요. 한낱 힘없는 풀이어서 땅을 간절하게 붙잡은 것인지도 모르지만 생명을 품고 기르는 땅은 그걸 알아봐주었던 거예요.

플러스, 즉 1+1 식의 정확한 계산법과 정확한 덤에 익숙해졌지만, 계량이라면 아무리 정확한 아저씨라도 코는 손으로 풀잖아요. 봄이 좋은 것은, 많이 가져와서가 아니라 안에 담긴 것, 그 자체가 봄이기 때문이죠.

안 올 듯하던 봄이 다시 오네요. 위트와 무심타법을 품은 김민정 시인이 플러스마트에 오늘의 시가 담긴 새 이름 하나 지어드려야겠어요.

삼월의 나무

박준

잠시, 삼월, 이라고 발음해볼까요? 삼. 입안에 살짝 물기가 돌죠. 나무 속에서 나올 준비를 하고 있는 잎들처럼 말이죠. 월. 그곳에 깃든 숨 한 방울처럼 말이죠. 삼월은 조금 쌀쌀하고 조금 따듯해서 "미안"을 품고 있고, 여전히 붙이 되는 순간을 아는 마음이어서 삼월의 나무는 한결같이 연하고 수수하지요.

'속'에서 나온 것들은, 이를테면 나무나 무 또는 이와 닮은 시간을 겪은 사람은 "살가운 마음"이 흔들림임을 알지요. 조금 쌀쌀함과 조금 따듯함을 오가는 무심함과 애틋이 살가움이라는 것을요. 살가움은 그 자체가 가진 결의 존중에서 비롯되지요. 어슷하게, 그리고 채로 썰린 겨울 무가 다른 반찬인 양 두 그릇에 담길 수 있고, 저녁밥을 남겨 새벽으로 보낼 수 있는 것도 결을 존중하기 때문이지요.

이 연하고 수수한 시를 읽을 때, 밀어도 열리고 당겨도 열리는 문이 느껴진다면, 결대로 썼기 때문일 거예요. 그래서 나의 나무는 멀리에서도 자라고 있지만, 언제나 나에게 돌아오는

191

삼월의 나무지요. "내가 아직 세상을/ 좋아하는
데에는", 이런 설렘의 전제를 적을 수 있는 것
은, 고춧가루와 식초의 비율을 체득한 이 시인
속에는 삼월의 나무가 자라고 있다는 뜻이기도
하지요.

식탁보를 잡아당긴다
어린 여자아이가

비스와바 쉼보르스카

어떤 천진한 손이 지상의 식탁보를 잡아당기는 실험을 감행한 것일까요? 갑자기 봄입니다. 사방이 연둣빛이고 꽃들이 허공의 중력으로 피어나 있습니다.

도통 모를 일입니다. 절대 움직이지 않을 것 같은 장롱과 벽, 탁자. 식탁보 위의 위태로운 것들. 한 길 사람 속.

혼자 할 수 있는 것은 없습니다. 서로 같은 작정을 할 때 움직여집니다. 신기한 것은 식탁보를 잡아당기겠다고 마음먹은 손이 있다면, 허공을 견디겠다고 마음먹는 존재들이 있다는 사실입니다. 스스로 위태로움을 감당하면서 허공을 견뎌줄 것입니다. 그것이 새로운 중력입니다.

정신의 세 변화에 대해 니체는 이렇게 썼습니다. '너는 마땅히 해야 한다'에 순종하는 낙타에서 '나는 하고자 한다'의 사자를 지나 '최초의 운동이자 거룩한 긍정'의 어린아이가 된다고요. 어린아이가 최상급의 정신인 것은 순진무구는 존재의 '본바탕'이기 때문이지요.

우선은 같은 작정을 하고 식탁보를 잡아당기

는 일에 집중하는 것입니다. 이 실험은 반드시 행해져야 합니다. 가능은 불가능을 뚫고 솟아오릅니다.

아이 씻기기

파블로 네루다

주저앉고 싶은 상태를 넘어 그냥 주저앉게 되는 순간이 있어요. 척추는 세워져 있는데 어쩌된 일입니까. 자꾸만 흐트러져서 곧 흩날릴 것만 같은, 어쩌할 바를 모를 때가 있어요. 그럴 때는 황급히 혼자가 되어, 혼자가 아닌 것처럼 오른손과 왼손을 맞잡아보기도 하고 시선을 조금 멀리 던져보는 시늉도 하지요. 그러는 어느 순간 팔을 뒷목을 머리를 쓰다듬어주는 손길이 있어요. 따뜻한 물속 같아요. 다시 말끔해지는 기분. 알고 있는 느낌이에요.

품에 안고 가만가만 아기를 씻기지요. 품을 떠나 물에 들어가도 아기는 울지 않지요. 손을 뻗으면 닿을 곳이 있거든요. 아기가 아이가 되고, 아이가 어른이 되는 속도로 부모는 노인이 됩니다. 자식은 어른이어도 아이입니다. 새로 씻기는 손이 있기 때문이지요.

무너져 내리는 수밖에 다른 방법이 생각나지 않을 때 "양동이와 스펀지/ 빗과 타월을 준비"하고 어김없이 나타나는 손이 있습니다. 조각상에 생기를 불어넣으면 그 어느 때보다도 깨끗해져서 어김없이 그 팔에서 뛰어나오는 몸이 있습니다. 혹자는 그 반복을 부모의 역사라고도 하고, "오 그 주의 깊은 조심성,/ 귀여운 속임수,/ 그 사랑스런 투쟁!"은 실은 서로의 고도의 전략이기도 하지요. 어쨌거나 "지상에서 가장 오래된 사랑"의 역사임에는 틀림없어요.

자매

백은선

자매라는 말은 "리본"을 닮았지요. 중간을 한 바퀴 돌려 묶으면, 묶인 양옆으로 동그라미가 생겨나지요. 동그라미는 나란히 흔들리는 머리 같아요. 한 방향을 보고 있죠. 나란히 벌린 입 같아요. 미리 맞추지 않아도 동시에 같은 말이 튀어나올 것 같아요.

리본은 스르르 풀어지는 것이기도 하고 묶인 자리의 완강한 선언이기도 하지요. 자매는 우아한 리본처럼 "서로의 이름을 바꿔 부르"며 "맹세"를 하며 한없이 다정하지요. 그러다가 서로를 향해 갑자기, "너는 이제 영영 네가 되어야만 할 거야", 세상에서 가장 모진 말을 쏟아붙이지요. 엉킨 리본이 되지요.

무수한 반복을 거듭해도, 엉킬 때마다 매듭을 푸는 방법을 자매는 모르지요. 그래서 울음을 불러오지요. 둘이지만 나눠 가진 같은 것이 많고 깊어서 울음의 안이 닮아 있지요. 내 몸을 구석투성이로 만든 빛이 이내 어두운 귀를 관통해 줄 것을 나는 알고 있었을까요? 언니는 식탁 아래에서 접시를 쥐고 하나두울 그러다 하나, 다시 하나, 이러고 있네요. 하나두울, 붙여 불렀던 당연함을, 하나, 다시 하나, 각각의 자리에 놓아 보는 것이죠. 자매가 다시 생겨나는 지점이죠.

여자 형제를 일컬어 자매라고 하지만 세상에 는 자매애를 나눠 가진 사이가 많지요. 하나두 울. 무조건 꽁꽁 묶는 것 아니고요. 하나, 다시 하나. 이렇게요. "리본처럼 풀어지는 혀"는 흔 적이 잘 안 보이지요. 그러나 묶였던 혀만은 자 신의 흔적을 알고 있지요. 세 치 혀는 그래서 더 조심하게 되지요. 진정한 자매애는 그때 탄생하 지요.

자유 지역

자크 프레베르

하루 동안 어떻게 불리시나요? 저는 이 글을 쓰기 전 몇 시간 안에도 고객님, 선생님, 시인님, 언니라고 불렸어요. 님 자보다는 언니가 반가웠지만요. 고객님, 선생님, 시인님, 그렇게 불린 것보다 그렇게 들은 건 저라는 사실이 화들짝이지요.

머리 위에 모자를 얹고 있는 거예요. 어떤 때는 몇 개씩 얹지요. 무거움과 자부심은 한 쌍이라는 착각을 자주 하니까요. 모자 정도가 아니라 군모를 쓰고 있는 셈이에요.

군모를 벗어 새장에 담으면 새장 속 새가 군모의 자리에 와 앉지요. 새는 자유의 상징이죠. 지휘관이 물을 때도 '네' 말고 '아뇨'라는 말로 저항을 지킬 줄 알죠. 지휘관도 군모를 벗으면 군모의 말투에서 벗어나겠지요. 군모를 어디에 두어야 할까요? 그에 따라 머리에 놓이는 것도 바뀔 테니까요. 아예 군모를 새장 밖으로 벗어 던지면(이내 후회하겠지만요) 머리에 새를 올려놓지 않아도 될까요? 유연하지만 새의 말이잖아요. 새도 올려놓지 않고 세상과 사람을 만나본 순간이 있기는 할까요?

자크 프레베르는 작게 가볍게 쓰죠. 연약한 곳까지 닿는 시선이라는 뜻이죠. 의미는 무거워도 명랑하게 사랑스럽게 쓰지요. 군모는커녕 새도 올려놓지 않는 프레베르와는 달리 군모를 겹겹으로 쓰고, 사람이 사람에게, 함부로 하는 이들이 있어요. 그 모습이 안 닦이고 쌓인 접시처럼 보인다는 사실을 모르는 채 말이죠.

그나저나 나는 언제 나의 말을 하게 될까요. 지유 지역이 있기는 한 걸까요. 아, 이 생각을 하는 순간에도 나는 머리 위에 나를 올려놓고 있잖아요!

물건

임승유

그리 어렵지 않은 스무고개 같았는데, 답에 근접해가는 것도 같았는데, "그것은"으로 칭해지는 이 물건, 잡힐 듯 잡힐 듯, 직전에서 자꾸 미끄러지네요.

오래 같이 있어 나의 일거수일투족은 다 보았지만 스스로 뭘 하는지는 보여준 적이 없었다지요. 더는 사용할 수 없는 크기가 "그것은"이 다 다른 곳이지요. 여럿이 달라붙으면 한꺼번에 치울 수 있다는 걸 보니 "그것은" 자체가 커졌다는 뜻일 수도 있지만(겉으로 보이는 게 다는 아니거든요), "그것은"의 개수가 늘어났다는 뜻일 수도 있어요. 또는 "그것은"이라고 불릴 수 없는 존재가 "그것은"으로 불리게 되었다고 생각해볼 수도 있어요.

무색무취의 이 물건에게 도대체 무슨 일이 벌어졌던 걸까요? 사용할 수 없는 크기는 어떤 크기일까요? 존재와 비존재 사이, 무심과 유심 사이, 밀착과 해방 사이에서 양가적 느낌으로 있는 그것은, 다른 것은 몰라도 분명 물건이거나 물건의 성질을 갖게 된 무엇이겠지요. 이를테면 물건처럼 대하게 된 사람 말이죠.

물건이라 하면, 정물에 가깝고, 정물은 옮겨주는 누군가 있을 때 새로운 시간에 동참할 수 있는 것인데요. 사용할 수 없는 크기가 된 그것, 이제 "그것이 옆에 있으면 뭐든지 할 수 있다는 느낌"에 다다랐지만 "옆에 두는 방법이 생각나지 않"는 나의 아이러니. 용도가 있어야 물건인데 더 이상 물건이 아니게 된 그것, 물건이라는 단어에서 기어이 물건을 탈출시켰으니, 시의 언어로 물건을 구축하는 데는 대성공인 셈이지요.

하얀 것들의 식사

최문자

양 한 마리는 온통 하얗지요. 그야말로 잔뜩 하얗지요. 흰 발로 풀을 밟고 흰 입으로 풀을 먹지요. 풀 옆으로 다가가 풀을 뜯고 아주 잠깐 남의 긴 풀도 베어 먹지요. 멀리서 보면 이곳은 드넓은 풀밭이어서, 여기는 어디나 초록이어서, 더없이 평화로운 양 한 마리지요.

조금 더 가까이 가보면, 밥을 먹으려고 남의 밥을 밟고 서 있는 양 한 마리지요. 밥이 먹어지기 위해 자기도 질겅질겅 밟아야 하는 양 한 마리지요. 이 모두 입을 달고 태어난 슬픔, 밥 때문이라고, 남의 밥은 정해져 있냐고, 내 입에 닿았으니 내 밥 아니냐고, 내가 밟았으니 내 밥 아니냐고, 풀의 숨통인지 알았다면 내가 밟았겠느냐고, 밥을 먹다 잠시 멈춘 양 한 마리는 항변하지요.

양 한 마리의 입은 목화솜처럼 둥글고 아름다운데, 허기를 면하는 입이 아니라 배부르게를 생각하는 입은 자꾸 커지는데, 자꾸 넣으면 자꾸 커져서 욕망과 허기를 구분할 수 없게 되는데, 그래서 풀에게는 새하얀 공포, 얼음 같은 입이 되는데, 흰 양도 밥을 먹을 때는 온 힘으로 까매지는데, 이 풍경을 본 나는 너무 하얀 것들을 믿지 않게 되는데, 되는데요.

초록 풀밭, 잔뜩 하얀 양 한 마리. 나는 잔뜩 아니야, 나는 잔뜩 안 그래, 이러는 내가, 나만 못 보는 내 모습은 아닌가, 자꾸 발을 자꾸 눈을 뗐다 붙였다 하다가, 손바닥으로 얼굴을 쓸어내려보다가, 화들짝 데인 것처럼 입이 봉해지지요.

"나는 어제까지 살아 있는 사람/ 오늘부터 삶이 시작되었다". 자연스러운 문장이지만 어제까지 살아 있는 사람이었다면 왜 삶이 오늘부터 시작되었을까 하는 의문이 들지요. "오늘부터 삶이 시작되었다/ 점괘엔/ 나는 어제까지 죽어 있는 사람". 심정적 비유로 읽는다면 문장의 표면적 모순을 극복할 수 있지요. 물론, 달력 사용자들에게는 '어찌 되었든 삶은 늘 오늘부터'라는 시각이 가장 안정적인 해석일 텐데요.

오늘의 운세는 미래가 점치는 과거지요. "잎맥을 타고 소용돌이치는 예언"은 추상의 영역이지만, "폭포 너머로 이어지는 운명선"은 '2168년 7월 5일 7분 26초간 계속되는 개기일식' 예측처럼, 정확성의 영역이기도 하지요. 운명의 자리에서 보면, 다리에 주름 많은 새들이 물고 온 내일이 말린 두루마리는 "너의 처음"으로 가는 방향인 것이지요.

오늘부터와 어제까지. 오늘부터는 '~까지'를 포함하고 있지 않고, 어제까지는 '~부터'를 포함하고 있지 않지요. 그래서 오늘부터, 오늘부터, 이 반복은 새로운 시간에는 새로운 관점, 이런 주문呪文으로 치환해보는 것도 가능하지요.

눈물 흘리는 솜털들, 투명한 가재알들, 이런 섬세함이 깃든 오늘의 운세를 원한다면, "오늘의 얼굴이 좋아 어제의 꼬리가 그리워", 이 뫼비우스 주문부터. 마지막 날인 듯 보여도 새로운 주기를 품고 있는 마야 달력처럼, 오늘부터 방점은 '오늘'보다는 '부터'에. 시작은 각자의 부터에서.

오늘 나는 산책을 했다……

로베르 데스노스

오늘 나는 동료와 산책을 했어요. 늘 그러했듯 꽃 핀 나무들, 다리 아래로 흐르는 강물을 함께 바라보았어요. 이제 나는 동료보다 훨씬 많은 나이가 되었고, 여전히 젊은 동료는 나에게 말해요. "너도 내가 있는 곳으로 올 거야,/ 어느 일요일이나 어느 토요일에," 역시 그곳으로 먼저 간 나의 동료는 현명해요. 내가 동료가 있는 곳으로 가는 요일이 월요일이나 금요일이어도 그날은 비로소 안식일, 아니면 왜 그토록 열심히 몰두했는지 스스로도 의문이던 지상의 일에서 놓여나는 토요일일 테니까요.

동료가 죽던 날 만발했던 밤나무꽃이 오늘도 눈처럼 내려요. 밤나무꽃 향기로 그가 내 곁에 나란하다는 걸 느껴요. 나는 그와 '함께'이다가, 두런두런 대화를 나누다가, 돌연 내가 혼자임을 깨달아요. '돌연'은 시간의 평온을 깨트리는 부사지만, 사람들에게로 되돌아왔다는 '그리고'는 담담한 마음이에요. 혼자에 펄쩍 놀라 되돌아왔다기보다는 흔들리는 시계추의 거리로 받아들여요. 그런 심정 같아요.

10주기…… 1주기…… 5주기…… 그와 함께 산책하는 오늘은 그의 새로운 생일. '존재한다'는 삶과 죽음으로 가를 수 없는 것이기도 하여서, 마음에 품고 기리는 그가 있다면 그는 나를 품어주는 심장이고, 나의 박동에 겹쳐 뛰고 있는 박동이에요. 동료는 "함께"에 나란한 단어지요. 어깨가 닿을 듯 말 듯한 거리에서 느껴지는 기척, 문득 팔을 척 어깨에 걸치는 의기투합의 가능성. 그래서 함께, 매년 기일에는 눈처럼 내리는 흰 꽃 사이로 그와 산책할 수 있어요.

"아우슈비츠 이후에도 시는 있을 수 있는가"
라는 철학자 아도르노의 물음에 대한 대답의 의
미로 파울 첼란은 「죽음의 푸가」를 썼습니다.
"새벽의 검은 우유 우리는 그것을 저녁에 마신
다/ 우리는 정오와 아침에 그것을 마신다 우리
는 그것을 밤에 마신다/ 우리는 마시고 또 마신
다/ 우리는 공중에 무덤 하나를 판다/ 그곳에선
좁지 않게 누울 수 있다"로 시작되는 시입니다.
첼란은 유태인 박해로 스물두 살에 양친을 잃은
사람이었습니다.

계속되는 시간, 누구나 삶이라고 부르는 곳에
서, 몇은 정적 속으로 말을 합니다. 정적 속으로
한 말은 정적 속으로 묻히는 말이기도 합니다.
몇은 침묵하였습니다. 침묵 속의 말은 발설되지
않아 안에서 들끓는 말이기도 합니다. 몇은 자
기 길을 갔습니다. 언제까지나 이곳으로부터 시
작될 길입니다.

쾰른 성당 뜰에 서 있었을 첼란을 떠올려봅니
다. 제가 걷는 길에 절두산 성지가 있습니다. 앞
으로는 강이고 뜰 한편에는 작은 촛불들이 일렁

이는 촛불 봉헌대가 있습니다. 보이지 않는 너희들, 들리지 않는 너희들, 우리 속 깊숙이 너희들. 매해 부활절은 춘분 후 첫 만월 다음에 오는 일요일입니다.

끝에서 다시 시작이 있을 것입니다. 꿈꾸었던 마음으로 자정의 암호를 풀어야 합니다. 그래서 기도의 모양처럼 제 입은 다물고 말하는 입을 골똘하게 보는 중입니다. "그늘을 말하는 자／진실을 말한다."(「너도 말해라」) 무엇보다 그곳에 이르는 말인지 살펴야겠습니다.

꾀병

박세미

꾀병 한 번 부리지 않고 어른이 되는 경우는 드물 거예요. 스스로 꾀병이라는 것을 알고 있는 내가 있고, 알면서도 혼을 내는 대신, 많이 아파? 그러면서, 이마에 얹어주는 따뜻한 손이 있을 때 꾀병은 성립하지요.

다양한 꾀병의 역사 속에서 어른이 된 나는 꾀병의 지혜를 갖게 되지요. 아픈 척을 해서 하기 싫음을 피하는 것이 어려서의 대응법이라면, 슬픔이 올 것을 예감으로 아니까, "곧 아플 겁니다./ 슬픔이 오기 전에 아플 거예요." 미리 아픈 거예요. 그러니까 물에 빠진 개와 눈이 마주쳤을 때 마침 차가워지는 엄살은, 예열이면서 선언이면서 슬픔에 마중 나가기지요.

"우아한 몸짓으로 뛰어내렸는데/ 온몸이 이렇게/ 여기 있"는 아이러니의 반복이 "아프고 나면, 정말 아플 겁니다"의 배짱을 갖게 된 사연. 이러한 비로소 어른의 탄생은 사실은 꾀병의 내력에서부터.

많이 아픈 순간에도 꾀병이라고 생각하면 이상하게도 조금은 견딜 만하고, 조금의 힘도 생기지요. "개의 얼어붙은 꼬리를/ 꼭 붙잡고 매달려 있"는 상황인데도 말이죠. 그러니까 누가 꾀병을 부리는 것 같으면, 어쩌면 매우 아파서 '다이빙 다이빙 그런데도 온몸은 계속 있네'의 상태인지도 모른다고 여겨주세요. 스스로에게 속는 힘을 발휘 중인 것은 스스로를 믿는 힘을 기르는 중인 것이니, 살짝 눈을 감아주면서 우아한 꾀병에 힘을 실어주기로 해요. 장난기 섞인 표정으로 툭, 이마에 손을 짚어준다면 더 좋고요.

춤

정끝별

뜻 생각 안 하고 읽기만 해도, 말맛이 참 좋은 시예요. 울렁울렁 넘어가는 맛이, 딱딱 들어맞는 합이, 저절로 끄덕여지는 고갯짓이 생겨요.

레고 같은 시예요. 어떻게 끼워도 형상이 만들어지는 것은 고도의 계산을 장착한 블록들이기 때문이죠. 우선 한 자 요술이에요. 숨 쉼 빔 섬 둠 짬 봄 첨 덤 맘 뺨 품 님 남 놈 뺌 점 섬 움 꿈 잠 홈 틈 짐 담 금 말 땀 힘 참 춤 삶. 다음 두 자 요술이에요. 보름 그믐 가끔 어쩜 웃음 울음 요람 바람 범람 감금 채움 입술. 세 자는 딱 둘이에요. 몸부림 안간힘. 연을 따라, 의미를 따라, 라임을 따라, 자유자재 레고가 가능한 시인이 이미 여러 자리의 조립을 해봤기 때문이죠.

세 번째에서 역전하는 리듬이죠. 봄이고 첨인 내 숨은 덤이라네요. 내 맘은 점이고 섬이어서 거기서 움이 튼다네요. 보름과 그믐을 겪어, 님과 남과 놈을 겪어, 요람과 바람과 범람이 한통속임을 알게 되었고, 두 입술이 맞부딪쳐 머금는 땀나는 숨이 참이라는 분별에 닿았다네요.

한 글자, 두 글자, 세 글자로 나팔처럼 퍼지는

이 시에서 요즘의 제가 고르고 싶은 한 단어는 덤이에요. 덤이니 춤이다, 이 방향을 지지해요. 안간힘을 몸부림을 숨으로 가진 삶이 춤이 안 된다면, 덤을 마땅한 것으로 착각하고 있지는 않나, 가끔과 어쩜의 보름과 그믐을 오가지 못한 채 채움과 감금을 헷갈리고 있지는 않나, 되돌아보는 시간이에요. 덤은 가진 것 위에 이유 없이 더 얹어지는 것. 받으면 우선은 어쩔 줄 모르게 되는 것. 정이면 귀엽고 커지면 부당한 것. '더'보다는 '덜', 거기에 삶이 춤이 되는 지혜가 들어 있다, 저는 오늘 제게 알려주고 싶은 것이지요.

검은 의자

이설빈

뒤척이는 일들이 생길 때 저는 제가 하루의 여러 시간을 보내는 의자를 물끄러미 바라보고는 해요. 그러면 그림자가 비로소 몸을 만나는 느낌이 들어요. 세상에 물음표가 생길 때는 텅 빈 시간대의 카페에 가요. 가득한 의자들을 보고 있으면 실마리가 풀릴 때가 있어요. 이 시를 읽고 알게 되었어요. "의자"는 "형태가 아니"라 "자세"여서 그랬다는 것을요.

"의자의 가능성은 목받침과 팔받침이 아니"지요. 의자는 "부력"과 "액자"를 내부에 갖고 있지요. 의자는 기능적 도구가 아닌 자세의 발명이니까요. "결핍과 과잉을 모르"고 지내는 것이 의자의 윤리예요. 그것을 탐하는 순간 의자는 의자가 아닌 것으로 변질되거든요. 의자는 의자를 벗어나서는 성립되지 않는, 명확한 딜레마가 자신의 가능성이라고 알려주고 있는 듯해요.

의자밖에 못 가지는, 안 가지는 세계인 의자는, 인간에게 이상적인 자세를 늘 알려주는데, 인간의 자세는 자주 무너지지요. 의자를 형태라고 생각했기 때문은 아니었을까요? 일어서려면 의자의 자세를 전면적으로 무너뜨려야 하니 가장 무거운 자세겠지만, 내부가 품고 있는 능동의 부력이 작동된다면, 그것은 새로운 자세의 발명일 수 있지요.

"몰두"하면 하나둘 사라져간다네. 의자에게는 의자밖에 없는 순간이 온다네. 오롯한 순간이라네. 몰두는 의자와 헤어지지 않는 순간이 계속되게 한다네. 몰두와 타협은 서로를 구분하기 때문이라네. '의자는 결코 의자에 타협하지 않'기 때문이라네. 의자는 의자와 타협하지 않을 때만 의자로 겨우 존재한다네. 이것이, 어찌 보면 고통의 퍼레이드이고 어찌 보면 몰두의 놀이인, 우리 의자의 삶이라네.

잠기면서 출렁이면서 "생몰년의 해안선"을 감당하면서, "검은 의자"는 이렇게 설說하고 있는 것 같아요. 혜안의 스승처럼.

짧은 시가 주는 매혹은 '거두절미-뜨거운 감각'이지요. 거두절미, 무릎을 치게 하는 호응이지요. 그래 맞아, 그래야겠어, 실천을 이끌어내지요.

지구를 지났다면, 제일 먼저 무엇을 벗어던지고 싶으신가요? "지구를 지났다, 신발을 벗었다", "행성입문"을 하고 싶은 이 시의 화자는 신발부터 벗겠다는 것이지요. 발에 또 신는 발, 발을 보호하는 발, 발보다 견고하다고 생각하지만 사실은 발보다 먼저 해지는 발인 신발은 인간, 나아가 문명인을 상징하지요. 안과 밖을 구분하는 신발이 문명인을 결정하는 중요한 바로미터지요. 인간이 쌓아올린 시스템이 겹겹인 만큼, 신발에 부여된 의미도 겹겹이지요. 가볍고 편해야 좋은 신발인데 점점 더 무거워지는 이 신발, 어찌해야 하나요.

그래서일지 모르죠. "신발을 벗었다"라고 선언하게 된 것은. 신발을 벗은 발은 딛고 있던 곳을 벗어나는 동력으로 전환되지요. 발은 드디어 발이 되는 것이지요. 열 개의 발가락은 워낙 질

217

서정연하지 않고 각각의 방향을 가리키는 다양
성이었거든요. 그러므로, 지구라는 하루를 지나
신발을 벗는 순간은, 인간이 만든 시스템도 벗
는다는 뜻. "여기서부터는// 나도 별이다", 그
무엇과도 무관하게 반짝이는 나를 존재시키겠
다는 뜻이지요.

별은 막막한 허공에 찍힌 점. 그런 의미에서
별은 용기. 땅만 갖고는 안 된다는 얘기. 땅의
문법이 아니라 땅에서 솟구쳐 오르는 문법이어
야 한다는 뜻이지요. 별을 꿈꾼다면, 새로운 행
성에 입문하고 싶다면, 즉 내가 별이 되고 싶다
면, 일단은 날아오르자고요. 그러기 위한 첫 번
째는 쌓은 것에 더 쌓지 않기. 신발 위에 신발
자꾸 겹쳐 신지 않기. 무거우면 못 날아올라요.
별은 지금까지 쌓은 것을 다 두고 허공에 갈 수
있다는 얘기잖아요.

별과 새의 공통점은 거느리지 않는다는 것.
한 해가 가고 새로운 한 해의 행성입문을 3주
남긴 시점에서는 반성 말고, 계획 말고, 날아오
르기. 수평에서 솟아오르는 각자의 상상력이 필

요해요. 왜냐고요? 반성과 계획은 매번 신는 습
관의 신발이거든요.

울고 들어온 너에게

김용택

아주 간단한 동작이에요. "엉덩이 밑으로 두 손 넣고" "되작거리"는 일. 이러다 보면 당연히 따뜻해져요. 아랫목이 따로 없어도, 생명은 온기니, 앉은 곳에는 아랫목이 생겨요.

손이 따뜻해지면 당연히 마음이 따뜻해지고, 나는 따뜻해진 손과 마음이어서 네 '언 얼굴'을 두 손으로 감싸요. 아무 말이 필요 없어요. 아니 이 동작이 가장 좋은 말이에요.

"꽝꽝 언 들은" 얼어붙은 울음들일지도 몰라요. 네가 그곳을 헤맨 것은 쌓인 울음들을 무심하게 지나칠 수 없어서였을지도 몰라요. 울음은 울음을 알아보는 법인데, 물론 그 사실을 너는 모르고 언 들도 몰랐을 거예요. 몰라야 머물러요.

어려운 단어가 없어요. 우리가 흔히 쓰는 입말들이에요. 사전에서 찾아본 유일한 단어는 '되작거리다'. '이리저리 살짝 들추며 자꾸 뒤지다', 무겁게 말고 가볍게 하라는 것이지요. 되작거리면 되작거려져요. 되작거리면 홀로 걸어오는 너의 언 발소리가 들리고 쨍쨍 언 들의 실금이 보여요.

한 해가 가기 전에 보는 모임이 꽤 있고, 집으로 돌아오는 길에는 자꾸 뭘 놓친 것 같은 황량함이 들어 뒤척이는 요즘이었는데요. 이 시를 읽고, 이 시가 알려주는 순서대로 동작을 해보니 진정이 되었어요. 차가운 얼굴에 차가운 손이 닿아도, 닿으면 온기가 생겨요. 언 것은 녹아요. 제 볼에도 셀프 동작을 해보니, 놀랍게도, 저의 볼은 제 생각보다 말랑하고 따뜻했어요. 제가 순해졌어요.

아주 간단한 이 동작을 잃어버렸었나 봐요. 나도 살리고 너도 살리는, 참 좋은 순서로 되어 있어요.

이런 풍경을 오간다면 문득문득 아름다움을 만날 수 있을 것 같아요. 물론 이 풍경에는 어쩌지 못하는 '습관적 예감'도 "이제 외로울 차례"도 들어 있어요. 그러나 "구름"을, '참나무-말굽버섯-코알라-코끼리-범고래-부엉이', 이런 일렬횡대로 세어보고, "구름처럼 가만히 소란스러"워져서 "두부"를 사러 갈 수 있다면, 아름다움을 잃어버리는 삶은 아닐 것 같아요. 어느 날 구름을 세며 "체념"을 선택했을 때도, 가벼워지고 환해졌는데, "구름은 지붕 위를 걸어가는 장미"여서 그랬나 봐요. 조금 높이, 조금 멀리 보는 순간이 바로 '아름다움'이어서 그랬나 봐요.

구름과 두부는 덧붙이지 않아도 이미 '닮음'인데요. 두부를 사러 가는 행복한 일은 생각 없이 발등을 밟게 되고 여긴 왜 왔니라는 자조적 의기소침으로 이어지기도 해요. 열매의 예감으로 가득한 "5월의 과수원 방향에서" 손을 잃고 깜깜한 자정이 되기도 해요. 어긋남이라면 어긋남이고 자연스러움이라면 자연스러움이지요.

두부처럼 구름처럼, 예감, 예정이라는 시간은
가능과 불가능을 반반씩 갖고 있으니까요.

　예감은 미래를 감지하는 것. 모르는 곳을 알
고 있는 말. 시야를 확장하는 것은, 구름의 예
정이고, 그곳에 우리의 시선이 닿는 것은 아름
다움의 예정. 두부를 쥔 손을 꼭 쥐게 되는 것은
구름의 예정. 녹색이 감색으로 감색이 잃어버린
구름으로 다시 밝음으로 귀환하는 것은 두부의
예정. 자신을 향한 방향이었다는 것을 아는 것
은 구름의 예감.

　예정은 꼭 쥔 손이 무겁지는 않은 정도의 무
게로 구성되어 있어야 해요. 그래야 예감의 말
이 두려움 속 설렘으로 걸어올 수 있어요.

가장 많이 건네는 인사에는 어김없이 '잘'이라는 부사가 들어가지요. '잘 지내지?'라고 묻고, '잘 지내'라고 답하지요. '잘'은 균형과 실패 없음을 가리키지요. '잘'은 결국 내게 돌아오는 공이지요. 내가 수행해내야만 하는 것이지요. "크고 먼 나라를 감추고 있"는 이 만능의 외마디는, 그래서, 잘 있다는 답이 오면, 잘 지내는구나 여기게 하지요. '잘'이 들어가는 인사는 가장 평범한 인사, 가장 무난한 인사이기도 한데 말이죠.

나는 잘 지내는 언덕에 닿아본 적이 없어서 잘 지내라고 대답하는, 아니 대답할 수밖에 없는 사람. 고를 수 있는 다른 말이 남아 있지 않거든요. 나는 '잘'로 물어왔기 때문에 '잘'로 받을 수밖에 없어요. 갈 수 없으니 가는, 떠날 수 없으니 떠나게 된, 애가 끓는, 애가 타는, 애가 끊어지는 시간을 겪었거든요. 나는 나와 상관있는 일을 두고 나랑 상관없이 싸우는 장면을 목격한 사람. 그 풍경에서 지워져야 하는 존재가 된 사람. 퍼질러 앉아 울 수 있는 사람도 못 되

기에 그렇게 우는 사람을 보면 멀리멀리 돌아가
요. 그 울음을 보호해주고 싶거든요. 무심한 듯
오래전부터 동네를 지켜주고 있는 산동반점처
럼요.

절벽을 경험하고 절벽에서 솟아난 사람이라
면, 최후의 벽이 무너져 내릴 때 내가 딛고 있
는 곳도 함께 무너져 내리는 것을 알게 된 존재
이지요. 그래서 산동반점에 랩을 씌우는 마음은
내가 눈 감고도 만져보고 싶은 절박함과 같다
는 것을, 쉽게 벗겨지고 찢기는 비닐 랩이 바로
'잘'의 구체성, 건네는 온기라는 것을 알게 되었
지요.

산동반점은 마포, 성남, 목포, 속초, 구미에도
있어요. 멀고 큰 나라는 가까운 곳에 들어 있는
지도 몰라요. 어떤 존재의 힘든, 어려운 시간을
알게 된다면, 다른 인사를 건네보기로 해요. 랩
을 씌우는 마음. 그 존재의 절벽이 무너지지 않
도록 나의 힘을 조금씩 보태주기로 해요. 절박
한 인사만이 절박한 존재에게 닿을 수 있어요.
'질문이 달라지면 대답이 달라질 수 있어요.'

'잘'의 자리에 '잘' 말고 '잘'의 구체성을 담아 건네면, '잘'을 보호할 수 있어요. 존재는 살 수 있어요.

얼어붙은 탐정들

로베르토 볼라뇨

라틴아메리카 작가들의 글을 좋아해요. 타고난 유연함에서 비롯된 겹겹의 "마술적 사실주의"와 그 안에 녹아 있는 유머 때문이지요. 로베르토 볼라뇨에게는 "마르케스 이후 라틴아메리카에 등장한 최고의 작가"라는 호명이 따라다니지요. 소설의 독보적 위치 때문에, 시는 상대적으로 덜 알려져 있어요. 그러나 볼라뇨는 자신의 정체성을 늘 '시'로 여겼고, 평생 시를 썼지요. "시는 그 무엇보다 더 용감하다"가 그의 중심이었다 하지요.

'탐정'은 볼라뇨의 시, 소설에 자주 등장해요. 여러 탐정들이 나오는데, "얼어붙은 탐정들" "길을 잃은 탐정들"은 일단 난처한 탐정들이지요. 그러나 한 번 더 생각해보면, 길을 잃지 않으면 골똘하게 얼어붙지 않으면 결정적 단서를 발견할 수 없으니, 길을 잃고 얼어붙는 자가 진정한 탐정인 것이지요.

탐정의 생명은 "눈"이지요. 기능적으로 뜨고 있는 눈 말고, 사명감이 바탕이 된 "신중한" "눈", 꿈에서도 "계속 눈을 뜨고 있으려고 하는" '깨어난 눈', '위트 있는 눈' 말이지요. '나도 사람인지라 피 웅덩이는 피하고 싶죠. 그러나 그게 다는 아니죠. 현장을 보존하는 것도 중요한 임무 중 하나라니까요', 양방향으로 열린 이런 항변이 주머니가 잔뜩 달린 옷을 즐겨 입는 탐정들의 것이죠.

이 시를 읽고, 유화를 최초로 발명한 얀 반 에이크의 작품 〈아르놀피니의 결혼식〉을 찾아보신다면, 쓱 지나치지 않고 "볼록 거울"에 집중해 보신다면, 거기에서 탐정의 시선을 만나실 수 있을 거예요. 전망과 공포는 같은 곳에서 발생하는 눈. 여러 면을 살펴보고 있느냐, 본다고 생각하지만 사실은 한 면만 보고 있느냐의 차이도 있겠지만요. 전망과 공포를 가르는 결정적 단서는 호기심의 유무일 수도 있지요. 공포가 커짐에도 불구하고 호기심은 더 커진다면, 그곳을 "우리들의 전망" "우리들의 시대"라고 부를 수 있게 되는 것이지요.

인
사

정현
종

수도 없이 써온 단어가 낯설어질 때가 있어요. 대개 그것을 깊이 생각하게 될 때 그래요. 깊이 생각하면 뒤척임도 깊어져요. 뒤척임이 깊어 생각이 깊어지는 것이기도 하겠지요. 단어를 들여다보면 담긴 것과 담고 싶은 것이 보여요. 우물 같아요. 안이 자꾸 궁금해져요. 한 단어 앞에 문득 멈추게 하는 시가 있어요. 이 시가 그래요.

"인사". 가장 많이 건네는 자세예요. 말로, 목소리 없는 문장으로 건넬 때도 인사에는 자세가 들어 있지요. 물론 생긴 모양도 뜻도 그러하지요. 시인은 인사를 말하지만 실은 시를 말하고 있어요. "반갑고/ 정답고/ 맑은 것"이 시라고. 또 시를 얘기하지만 실은 인사 얘기예요. "세상일들과/ 사물과/ 마음들에" 건네는 것이 인사라고. 그러니까, 인사가 아니면 시가 아니고 시가 들어 있지 않으면 인사가 아니라는 것이지요. 인사에는 시가, 시에는 인사가 담겨야 한다는 것이지요.

주로 사람에게 인사를 건넸어요. 세상일들과 사물과 마음들에 건네는 것이 인사인데 말이죠.

사람에 대고 열심히 인사했지만 마음은 미처 못 보았어요. 세상일들에 나름의 인사를 건넸다고 생각했지만, 이 시인의「모든 건 꽃핀다」에서처럼, "너의 고통에도 불구하고/ 내가 꽃피었다면?/ 나의 괴로움에도 불구하고/ 네가 꽃피었다면?"까지 살펴 들어가는 자세를 만들지 못했어요. 이런 곳에 살아 있는 '눈짓'이 생겨날 리 만무죠.

반갑고 정답고 맑은. 지극히 간명한 단어들을 한참 뒤척였어요. 넘치지도 모자라지도 않게, 즉 정확하게라는 것이죠. 안과 밖이, 앞과 뒤가 서로를 비출 때까지 맑아지는 것. 넘치면 좋은 줄 알았죠. 마음까지 파묻혀요. 흘러넘쳐요. 그러고 보면 언제보다는 어떻게가 먼저인 인사, 참 어려운 것이에요.

인사가 너무 많아졌어요. 잠시 메일도 SNS도 멈추고(물론 이모티콘도요) 곰곰 생각해봐야겠어요. 인사 건네고 싶은 세상일과 사물과 마음들을요. 정답고 반갑고 맑은 자세가 서투르게나마 생겨날 때까지요.

1. 곁의 기적

프랑시스 잠, 「위대한 것은 인간의 일들이니……」, 『새벽의 삼종에서 저녁의 삼종까지』, 곽광수 옮김(민음사, 1995)

라이너 쿤체, 「은엉겅퀴」, 『시』, 전영애 옮김(열음사, 2005)

장석남, 「입춘 부근」, 『꽃 밟을 일을 근심하다』(창비, 2017)

허수경, 「목련」, 『누구도 기억하지 않는 역에서』(문학과지성사, 2016)

안희연, 「고트호브에서 온 편지」, 『너의 슬픔이 끼어들 때』(창비, 2015)

진은영, 「쓸모없는 이야기」, 『훔쳐가는 노래』(창비, 2012)

호르헤 루이스 보르헤스, 「시학」, 『부에노스 아이레스의 열기』, 우석균 옮김(민음사, 1999)

페르난두 페소아, 「양떼지기」, 『양떼지기』, 카오 에스쿠로 옮김(책빵집, 2016)

강성은, 「채광」, 『Lo-fi』(문학과지성사, 2018)

성동혁, 「사순절」, 『6』(민음사, 2014)

윤동주, 「눈 감고 간다」, 『별 헤는 밤』, 이남호 엮음(민음사, 1996)

손미, 「양파 공동체」, 『양파 공동체』(민음사, 2013)

배수연, 「한모금 씨 이야기」, 『조이와의 키스』(민음사, 2018)

서정학, 「종이상자 연구소」, 『동네에서 제일 싼 프랑스』(문학과지성사, 2017)

김소연, 「연두가 되는 고통」, 『수학자의 아침』(문학과지성사, 2013)

이브 본푸아, 「희망의 임무」, 『빛 없이 있던 것』, 한대균 옮김(지만지, 2011)

김행숙, 「인간의 시간」, 『에코의 초상』(문학과지성사, 2014)

김종삼, 「풍경」, 『김종삼전집』, 장석주 엮음(청하, 1990)

유희경, 「深情」, 『오늘 아침 단어』(문학과지성사, 2011)

하재연, 「빛에 관한 연구」, 『우주적인 안녕』(문학과지성사, 2019)

2. 미래에서 온 예감

박상순, 「슬픈 감자 200그램」, 『슬픈 감자 200그램』(난다, 2017)

에밀리 디킨슨, 「사랑이란 이 세상의 모든 것」, 『고독은 잴 수 없는 것』, 강은교 옮김(민음사, 2016)

신용목, 「모래시계」, 『누군가가 누군가를 부르면 내가 돌아보았다』(창비, 2017)

김승희, 「여행으로의 초대」, 『도미는 도마 위에서』(난다, 2017)

심보선, 「느림보의 등짝」, 『오늘은 잘 모르겠어』(문학과지성사, 2017)

고영민, 「명랑」, 『구구』(문학동네, 2015)

안미옥, 「페인트」, 『온』(창비, 2017)

김상혁, 「고치지 않는 마음이 있고」, 『슬픔 비슷한 것은 눈물이 되지 않는 시간』(현대문학, 2019)

채호기, 「삶은 마술이다」, 『검은 사슴은 이렇게 말했을 거다』(문학동네, 2018)

김미령, 「친밀감」, 『파도의 새로운 양상』(민음사, 2017)

김복희, 「노래에게도 노래가 필요해」, 『내가 사랑하는 나의 새 인간』(민음사, 2018)

아틸라 요제프, 「유리 제조공」, 『아틸라 요제프 시선: 일곱 번째 사람』, 공진호 옮김(아티초크, 2016)

안미린, 「유령 운동」, 『빛이 아닌 결론을 찢는』(민음사, 2016)

최지인, 「기쁨과 슬픔을 꾹꾹 담아」, 『나는 벽에 붙어 잤다』(민음사,

2017)

박상수, 「명함 없는 애」, 『오늘 같이 있어』(문학동네, 2018)

양안다, 「불가능한 질문」, 『작은 미래의 책』(현대문학, 2018)

김산, 「약진하는 사과」, 『치명』(파란, 2017)

강윤후, 「성북역」, 『다시 쓸쓸한 날에』(문학과지성사, 1995)

기욤 아폴리네르, 「아니」, 『알코올』, 황현산 옮김(열린책들, 2010)

이수명, 「티베트여서 그래」, 『물류창고』(문학과지성사, 2018)

3. 시선이 열리는 처음

빈센트 밀레이, 「봄가을」, 『죽음의 엘레지』, 최승자 옮김(인다, 2017)

박연준, 「화살과 저녁」, 『베누스 푸디카』(창비, 2017)

조용미, 「침묵지대」, 『나의 다른 이름들』(민음사, 2016)

블레즈 상드라르, 「섬들」, 『가장 아름다운 괴물이 저 자신을 괴롭힌다』, 윤유나 엮음(인다, 2018)

프랑시스 퐁주, 「불과 재」, 『일요일 또는 예술가』, 박동찬 옮김(솔

출판사, 1995)

칼 윌슨 베이커, 「떨기나무」, 『오랜 슬픔의 다정한 얼굴』, 강수영 옮김(문학의숲, 2019)

이현승, 「생활이라는 생각」, 『생활이라는 생각』(창비, 2015)

김명인, 「내일」, 『이 가지에서 저 그늘로』(문학과지성사, 2018)

함민복, 「가을」, 『모든 경계에는 꽃이 핀다』(창비, 1996)

이영광, 「슬픔이 하는 일」, 『나무는 간다』(창비, 2013)

문태준, 「그사이에」, 『내가 사모하는 일에 무슨 끝이 있나요』(문학 동네, 2018)

장철문, 「도토리는 싸가지가 없다」, 『비유의 바깥』(문학동네, 2016)

전봉건, 「무제」, 『피리』(문학예술사, 1979)

오은, 「만약이라는 약」, 『유에서 유』(문학과지성사, 2016)

바스코 포파, 「작은 상자」, 『절름발이 늑대에게 경이를』, 오민석 옮김(문학동네, 2006)

제임스 테이트, 「낙타」, 『흰 당나귀들의 도시로 돌아가다』, 최정례 옮김(창비, 2019)

이장욱, 「의상」, 『동물입니다 무엇일까요』(현대문학, 2018)

최승호, 「별들을 풀어줄 때」, 『방부제가 썩는 나라』(문학과지성사,

2018)

장승리, 「좁은 문」, 『반과거』(문학과지성사, 2019)

윤병무, 「달 이불」, 『당신은 나의 옛날을 살고 나는 당신의 훗날을 살고』(문학과지성사, 2019)

4. 지금은 백야

김혜순, 「백야 닷새」, 『죽음의 자서전』(문학실험실, 2016)

울라브 하우게, 「당신의 정원을 보여주세요」, 『어린 나무의 눈을 털어주다』, 임선기 옮김(봄날의책, 2017)

다니카와 슌타로, 「끈」, 『이십억 광년의 고독』, 김응교 옮김(문학과지성사, 2009)

안현미, 「곰을 찾아서」, 『이별의 재구성』(창비, 2009)

천양희, 「글자를 놓친 하루」, 『새벽에 생각하다』(문학과지성사, 2017)

나희덕, 「나평강 약전略傳」, 『파일명 서정시』(창비, 2018)

이근화, 「국수」, 『차가운 잠』(문학과지성사, 2012)

박소란, 「다음에」, 『심장에 가까운 말』(창비, 2015)

이성복, 「來如哀反多羅 6」, 『래여애반다라』(문학과지성사, 2013)

도종환, 「사려니 숲길」, 『세시에서 다섯시 사이』(창비, 2011)

백석, 「국수」, 『정본 백석 시집』, 고형진 엮음(문학동네, 2007)

이시영, 「뺨」, 『하동』(창비, 2017)

폴 엘뤼아르, 「이곳에 살기 위하여」, 『이곳에 살기 위하여』, 오생근 옮김(민음사, 2002)

이은규, 「나의 아름다운 세탁소」, 『오래 속삭여도 좋을 이야기』(문학동네, 2019)

라이너 마리아 릴케, 「천사에게」, 『검은 고양이』, 김주연 옮김(민음사, 1974)

노향림, 「눈이 오지 않는 나라」, 『눈이 오지 않는 나라』(문학사상사, 1987)

이바라기 노리코, 「답」, 『처음 가는 마을』, 정수윤 옮김(봄날의책, 2019)

피에르 르베르디, 「전망」, 『언제나 무엇인가 남아 있다』, 이윤옥 옮김(고려원, 1994)

신해욱, 「목도리」, 『생물성』(문학과지성사, 2009)

이제니, 「밤의 공벌레」, 『아마도 아프리카』(창비, 2010)

5. 새로운 중력

김민정, 「봄나물 다량 입하라기에」, 『아름답고 쓸모없기를』(문학동네, 2016)

박준, 「삼월의 나무」, 『우리가 함께 장마를 볼 수도 있겠습니다』(문학과지성사, 2018)

비스와바 쉼보르스카, 「어린 여자아이가 식탁보를 잡아당긴다」, 『끝과 시작』(문학과지성사, 2007)

파블로 네루다, 「아이 씻기기」, 『충만한 힘』, 정현종 옮김(문학동네, 2007)

백은선, 「자매」, 『가능세계』(문학과지성사, 2016)

자크 프레베르, 「자유 지역」, 『꽃집에서』, 김화영 옮김(민음사, 1975)

임승유, 「물건」, 『그 밖의 어떤 것』(현대문학, 2018)

최문자, 「하얀 것들의 식사」, 『우리가 훔친 것들이 만발한다』(민음사, 2019)

권민경, 「오늘의 운세」, 『베개는 얼마나 많은 꿈을 견뎌냈나요』(문학동네, 2018)

로베르 데스노스, 「오늘 나는 산책을 했다……」, 『가장 아름다운 괴물이 저 자신을 괴롭힌다』, 윤유나 엮음(읻다, 2018)

파울 첼란, 「쾰른, 성당 뜰에서」, 『죽음의 푸가』, 고위공 옮김(열음사, 1985)

박세미, 「꾀병」, 『내가 나일 확률』(문학동네, 2019)

정끝별, 「춤」, 『봄이고 첨이고 덤입니다』(문학동네, 2019)

이설빈, 「검은 의자」, 『울타리의 노래』(문학과지성사, 2019)

윤제림, 「행성입문行星入門」, 『편지에는 그냥 잘 지낸다고 쓴다』(문학동네, 2019)

김용택, 「울고 들어온 너에게」, 『울고 들어온 너에게』(창비, 2016)

권박, 「예감」, 『이해할 차례이다』(민음사, 2019)

성윤석, 「산동반점」, 『2170년 12월 23일』(문학과지성사, 2019)

로베르토 볼라뇨, 「얼어붙은 탐정들」, 『낭만적인 개들』, 김현균 옮김(열린책들, 2018)

정현종, 「인사」, 『그림자에 불타다』(문학과지성사, 2015)